神様の本

三上 延・似鳥航一・
紅玉いづき・近江泉美・
杉井 光・浅葉なつ

目　次

ビブリア古書堂の事件手帖　～約翰福音之傳～

三上　延

「ビブリア古書堂の事件手帖」シリーズ紹介

三上 延

イラスト／越島はぐ　メディアワークス文庫

古い本には人の秘密が詰まっています――大ヒット古書ミステリ

鎌倉の片隅でひっそりと営業をしている古本屋「ビブリア古書堂」。そこの店主は古本屋のイメージに合わない若くきれいな女性だ。残念なのは、初対面の人間とは口もきけない人見知り。接客業を営む者として心配になる女性だった。

だが、古書の知識は並大抵ではない。人に対してと真逆に、本には人一倍の情熱を燃やす彼女のもとには、いわくつきの古書が持ち込まれることも。彼女は古書にまつわる謎と秘密を、まるで見てきたかのように解き明かしていく。

これは〝古書と秘密〟の物語。

《栞子編》
全7巻発売中

《扉子編》
I～Ⅳ巻発売中

窓から見える山桜が、いつのまにか白い蕾をつけている。

北鎌倉にも春がやって来ていた。

駅前で五十年以上にわたって営業している古書店、ビブリア古書堂は今日が定休日だ。俺、篠川大輔は母屋の居間であぐらをかいて、テレビの情報番組をぼんやり見ている。

浦安にあるテーマパークで、今年もイースターのイベントが始まったそうだ。イースターだけの特別なパレードが開催され、イースター限定グッズも売り出され、園内のレストランにはイースターにちなんだメニューが提供される――イベント目当てで訪れたという若いカップルが笑顔でインタビューに応じていた。

「……お義兄さん」

座卓の向かいから話しかけられる。健康そうに日焼けしたショートヘアの若い女性が、だらりと頬杖を突いていた。俺の義妹にあたる篠川文香だ。近所にある高校の指定ジャージを着ているが、とっくに高校を卒業している。ジャージはただの部屋着代わりだ。一人暮らしをしながら東京の大学に通っていて、春休みの間だけ北鎌倉に戻ってきていた。

「イースター、ってなんだっけ」

俺は軽く目を上げて、あやふやな記憶をたどった。

「復活祭、だったかな……キリスト教の」

「復活祭……ってなんだっけ」

「たぶん、キリストの復活と関係あるんじゃないか」

「復活するんだっけ、キリスト」

「……確か」

答える声が小さくなった。どう見ても聖書を読んでいない俺に質問を重ねるのはやめてほしい。聖書を読んでいそうな人間は、この家に一人しかいない。

「……イエス・キリストは十字架にかけられて処刑され、三日後に蘇(よみがえ)って弟子の前に姿を現した……と、聖書には書かれています」

そんな説明とともに、俺の妻——篠川栞子(しのかわしおりこ)さんが部屋に入ってくる。太いフレームの眼鏡はいつも通りだが、このところ結ぶことの多かったロングヘアを背中に流し、きちんとメイクをしている。ふわっとしたシルエットの白いニットに花柄の青いスカートという春らしい装いだ。耳元にはシルバーのイヤリングが光っている。

「新約聖書にはイエス・キリストの起こした様々な奇跡が書かれていますけれど、その中でも信仰の中心になっている奇跡がキリスト自身の復活です。それを記念するイースター、復活祭はキリスト教徒にとってとても大切な祝祭なんです」

　ふだん内気な栞子さんだが、本の話になると別人のようにいきいきと語り始める。聖書も本には違いない。

「イースターは春の女神を指すチュートン語から来ているそうです。古代から続いていた生命の芽吹きを祝う春の祭りに、イエス・キリストの復活祭が重ねられるようになったと言われていて……あの、大輔くんはどうして笑ってるんですか」

　怪訝そうに栞子さんが首をかしげて、眼鏡の奥から俺の顔を覗きこんでくる。思わず自分の口元を隠した。つい見とれてしまっていたらしい。

「いつもの栞子さんだな、と思って」

「え……いつもと変わらないですか？」

　気落ちしたように自分の服を見下ろしている。俺は慌てて両手を振った。おしゃれしている人にかける言葉ではなかった。

「いや、いつものってのは見た目のことじゃなくて！　すごくきれいですよ。似合ってます！」

　俺が力説すると、栞子さんの口元が不器用にほころんだ。

「嬉しいです……珍しく頑張ったので。あの、大輔くんこそ、素敵ですよ」

気恥ずかしそうに褒めてくれた。俺の方も普段のTシャツとデニムではなく、紺のジャケットにしわのないグレーのパンツを合わせていた。一応はよそ行きの服装だ。

「……俺は着替えただけなんで。琹子さんの方がずっといいです」

俺の方も照れてしまった。琹子さんを褒めるのは平気だが、自分が褒められると照れくさくなるのは不思議だ。

「あー、見てるだけでムズムズする。相変わらず仲がいいのはいいんだけどさあ」

ジャージ姿の義妹がしかめっ面で口を挟んだ。

「早く出かけてきたら？　時間がもったいないよ」

今日は久しぶりに夫婦だけで出かける予定だ。琹子さんと結婚してから三年、慌ただしい日々が続いていて、そんな余裕などなかった。もちろん仕事も忙しかったが、もっと大きな理由もある。

ちょうどその「理由」が半開きの襖（ふすま）から居間に入ってきた。

黄色いストライプのトレーナーにタオル地のよだれかけ、青いパンツをはいた幼い子供が、もつれそうな足取りで俺の方へ近づいてくる。俺と琹子さんの娘で、名前は扉子（とびらこ）という。来月で一歳半になる。

「どうしたの、扉子」

柔らかい髪を整えるように娘の頭を撫でる。数日前に初めて前髪を切って、赤ん坊らしさが少し消えた。両頰はむっちりと膨らんでいるが、目鼻立ちは驚くほど栞子さんに似ている。俺の家系——五浦家の特徴である糸のような三白眼を受け継がなくてほっとしていた。

「ほ」

と、言いながら両手に抱えていた絵本を見せる。中川李枝子作、大村百合子絵『ぐりとぐら』。「ほ」というのは「本」のことだろう。あぐらをかいている俺の脚の間にすぽんと腰を下ろした。

「なに、これ。お義兄さんに絵本読んでほしいってこと？　可愛いなあ」

義妹の文香が頰を緩めている。

「いや……そうじゃないかも」

俺の膝の上で扉子は『ぐりとぐら』を開いている。ずっと昔から読み継がれている名作だ。俺も栞子さんも幼い頃に読んでいた一冊で、この子も気に入っている。ただ、絵だけではなく文字も目で追っているようだ。文香が頰杖をやめて身を乗り出してくる。

「ちょっと待って。扉子、もう自分で本読んでるの？」

読み聞かせなくても自分でページをめくっている。俺の膝は椅子代わりに使われているだけだった。

「……まだ字は読めないはずなんだけど」

年齢的にありえない——とは言い切れなかった。何しろ栞子さんの娘なのだ。この子も母親と同じように、物心ついた瞬間から本を読み続ける、筋金入りの「本の虫」になるのは間違いなさそうだった。

「ねえ、扉子ちゃん、こっちに来てる？」

俺とそっくりな細目の中年女性が顔を覗かせた。俺の母親の五浦恵理だ。大船にある五浦家の実家に一人で住んでいるが、今日は有休を取って北鎌倉までやって来ている。子育てと仕事に追われている俺と栞子さんに「たまには夫婦水入らずで出かけてきたら」と提案してくれた。その間、扉子の面倒も見てくれるという。

「あら、パパのお膝に座ってるの。やっぱり安心するのかしら。ごつごつして座り心地は悪そうなのにねえ」

「一言多いんだよ」

俺の文句を聞き流して、孫娘に声をかけた。

「扉子ちゃん、ばあばのところにおいで。パパとママ、これからお出かけだから」

「そうだよ。文香おばちゃんもいるし、これから三人で遊ぼう」

祖母と叔母に話しかけられても、扉子は反応しなかった。野ねずみたちがフライパンを運んでいるページに見入ったままだ。

一度本を開くと、最後のページに行き着くまで、周囲が呼びかけてもなかなか答えない。膝から下ろすのは簡単だが、家に置いていくことを思うと気が咎める。

「……扉子」

栞子さんが眉を寄せながら、俺たちの横にゆっくりしゃがみこんだ。数年前、脚に負った怪我の後遺症をほとんど感じさせなくなったが、膝を折る動作だけは今も少し辛そうだ。

目が覚めたように扉子は顔を上げる。読書中の反応は鈍いけれど、栞子さんの呼びかけだけはいくらか耳に届く。

「お母さん、これからお父さんと出かけてくるから。お祖母ちゃんや文香おばちゃんの言うことをよく聞いて、いい子でお留守番しててね」

栞子さんは真顔で言い聞かせた。娘の方はきょとんとしている。「留守番」の意味がよく分かっていない感じだ。

「いい子でいたら、お土産にご本を買ってきてあげる」

そう付け加えた途端、扉子の顔にぱっと喜色が広がる。「ご本」は通じたらしい。跳ねるみたいに立ち上がり、母親にぎゅっと抱きついた。栞子さんの方も背中を優しく叩いている。

今日はどこへ出かけるのか決めていなかったが、子供向けの絵本コーナーが充実している書店に寄ることになりそうだ——いっそのこと、このあたりの書店をひたすら回ってみるのも悪くない。結婚前、定休日には栞子さんと二人でよくそうしていた。

俺は本を読むのが苦手だが、本の話を聞くのは大好きだ。新刊書店や古書店で本を買って、その合間にひたすら話をする。世間的にはおかしなデートかもしれないが、俺たちにとっては普通のことだった。

「ゆっくりしていらっしゃいね。夜遅くなっても大丈夫だから」

俺の母親が俺たち夫婦に向かって言った。

「ありがとうございます」

栞子さんが丁寧に頭を下げる。もう扉子は「文香おばちゃん」の膝に移動して、『ぐりとぐら』の続きを読んでいた。

「いいのよ、そんなかしこまらなくて。文香ちゃんと二人で楽しくやるわ」

それから、思い出したように真顔になった。

「ただ、例の件だけお願いね。悪いけど」

「……分かってる。電話かければいいんだよな」

と、俺が答える。今日、母はビブリア古書堂に仕事の依頼を一つ持ちこんでいた。蔵書を売りたがっている知り合いの相談に乗ってほしいという。早急に金を作りたいので今日中に連絡が欲しい——そんなわけで、昼過ぎにこちらから電話することになっていた。デートの間ぐらい仕事のことは忘れたかったが、まあ電話一本ぐらいならいいだろう。

依頼人は俺の母の飲み友達で、近所の居酒屋でよく顔を合わせるという。かなり年配の男性ということ以外、はっきりした経歴は分からない。渡された名刺にも職業や肩書きはなく、「岩下順三（じゅんぞう）」という名前と電話番号が印刷されているだけだった。大船に近い小袋谷（こぶくろや）で生まれ育ち、今もそこに住んでいるそうだ。

「その方はどういったご本をお持ちなんでしょうか」

栞子さんが尋ねた。

「買い取ってほしいのは、キリスト教の本ですって」

「キリスト教……」

思わず口の中でつぶやいた。ビブリア古書堂は人文科学系の専門書や文芸書を中心に扱っているが、その中でも宗教書、特にキリスト教関係の書籍はわりと多い。

初代の店主――栞子さんの祖父が敬虔なカトリック信者で、開店当時からその分野が特に充実していたそうだ。店名の元になった「ビブリア」というラテン語にも「聖書」の意味があると聞いている。今でも買い取り依頼はそれなりにあるが、残念ながらあまり値がつかないことも多かった。「金を作りたい」という依頼人の希望に添えるかどうか。

「……何冊ぐらいあるか訊いてる？」

俺が母親に尋ねた。数百冊、数千冊というまとまった数の蔵書なら望みはある。ほとんどの専門書は発行部数が少ないし、単価も高めだ。需要はあってもあまり出回らない古書が含まれている可能性も高くなる。

「聖書が一冊って言ってたかな。日本語の」

栞子さんと俺はちらっと顔を見合わせた。「困りましたね」と彼女の目が語っていた。日本語訳の聖書が一冊だけ。キリスト教徒にとって聖書はもちろん大事な本だ。しかし、数多く流通している日本聖書協会の聖書だとすると、どう考えても高額の買い取りはできない。

「分かりました。とにかく、お話を伺いますね」

栞子さんが静かに言った。依頼人を傷つけないような、丁重な断り文句をこの時は考えていたと思う。まさか久しぶりのデートが吹っ飛ぶことになるとは、この時は二人ともまったく想像していなかった。

＊

数時間後、俺と栞子さんはビブリア古書堂のハイエースで昼下がりの東名高速を下っていた。デートは途中で終了し、鎌倉方面に引き返している最中だった。

運転している俺はまだよく分かっていない。一体なにが起こったのか――昼食が終わるまでは、横浜の伊勢佐木町で栞子さんと楽しく過ごしていた。

午前中は商店街にある古書店をいくつか回り、老舗の新刊書店に入って扉子のために絵本を何冊か買った。小さなイタリアンレストランでランチを食べているうちに、みなとみらいまで行ってみようという話になった。俺たちが初めてデートした思い出の場所だ。

腕を組んで馬車道を歩いているうちに、ふと栞子さんがスマホを取り出した。

「そろそろ買い取り依頼の方にご連絡しないと」

依頼人と話している彼女の背中を見ながら、やけに長くかかるなとは思っていたが、通話の途中で振り返った顔からは血の気が引いていた。とても貴重な古書の買い取り依頼だったらしい。なるべく早く蔵書を確認して欲しいという。残念ながら断るという選択肢はなさそうだった。

「日本語訳の聖書一冊じゃなかったんですか？」

ステアリングを握ったまま栞子さんに尋ねる。俺の母親、五浦恵理は普通の会社員で、古書にはまったく詳しくない。てっきり、依頼人の話を聞き違えたのかと思っていた。

「お客様……岩下さんという方がお持ちなのは、確かに聖書一冊だそうです」

助手席の栞子さんが首を振り、熱のこもった声で続ける。

「ただ、一般的な日本語訳の聖書ではありません。『約翰福音之傳（ヨハネふくいんのでん）』といって、現存する最も古い日本語訳の聖書なんです」

「最も古いって……明治時代とかですか」

「もっと昔ですね。一八三七年。日本では天保（てんぽう）八年です」

天保という年号は知っている。「天保の改革」の天保だ。つまり江戸時代。それは確かに高値が付きそう――。

「ん？」

俺は首をかしげた。

「江戸時代に聖書なんて出版できましたっけ？　キリスト教は禁止されてましたよね」

高校生の頃、日本史の授業で習った。江戸時代のはじめ、日本で活動していた外国人の宣教師たちは追放され、日本人の信者も厳しく弾圧されたという。こっそりと信仰を保ち続けた一部の人々以外、日本にキリスト教徒はいなかったはずだ。

「もちろん禁止されていました。日本ではなく中国のマカオで翻訳され、シンガポールの出版所で印刷されたんです」

「え……じゃあ、誰がなんのために出版したんです？」

日本で出版できない日本語の本が外国で出版される――俺にはよく分からない話だった。

「翻訳と出版を手がけたのはプロテスタントのドイツ人宣教師カール・ギュツラフ……だから『約翰福音之伝』は『ギュツラフ書』とも呼ばれています。目的は日本での布教に役立てるためでした。当時のマカオは東アジアにキリスト教を布教する拠点になっていて、ヨーロッパ各国から多くの宣教師たちが派遣されていました。ギュツラフもその一人で、日本へ遠征して布教する計画を立てていたんです」

「そのギュツラフ……はどこで日本語を習ったんですか」

外国人の立ち入りが厳しく制限されていた時代だ。簡単に日本語を憶えられるとはとても思えない。

「日本国外で保護されていた日本人たちに協力してもらったんです。遭難した日本人が海外まで漂流してしまうことは珍しくありませんでした」

「あ、そうか」

江戸時代、そういう日本人がいたという話は聞いたことがある。もちろん漂流中に命を落とす者の方がずっと多かったはずだが。

「ギュツラフに協力したのは尾張国……現在の愛知県で生まれ育った三人の水夫でした。太平洋上で遭難した彼らはカナダに流れ着き、各地を転々とした後マカオにあるギュツラフの家に滞在することになったんです。ギュツラフは三人に日本語を習いながら、一年ほどで聖書の翻訳を進めていきました」

「え？　一年で翻訳できたんですか」

俺は驚いていた。読んでいなくても、聖書がどれぐらい分厚いかは知っている。そんな短期間で翻訳できるとは思えない。

「全部が翻訳できたわけではありません。かろうじて完成したのは新約聖書の『ヨハネによる福音書』と『ヨハネの手紙』……『約翰福音之傳』に収録されているのは福音書の方だけですね。百二十ページほどの木版本です。

一緒に作業した水夫たちの知識も乏しく、訳文はかなり不正確でした。水夫たちの故郷である尾張の方言も反映されてしまっていて……後に他の日本人の協力も得て、ギュツラフたちは何ヶ所か訂正しています」

日本の方言混じりの聖書。まったく想像つかないが、読んでみたくはある。

「岩下さんって方は、そのギュツラフ書を持っているんですよね」

「そうおっしゃっていました。岩下家に代々伝わる家宝だ、と……確かに日本にも数冊しかない貴重な古書です。状態がよほど悪くない限り、わたしは百万円以上の買い値を付けますね」

俺は軽く息を呑んだ。一冊で百万円以上。美本ならどうなるのか、そして売り値がいくらになるか想像もつかない。滅多にない取り引きになりそうだった。

ハイエースは日野インターを降り、県道の交差点に差しかかっていた。信号待ちの合間に助手席を見ると、栞子さんは口元にこぶしを当てて黙りこんでいる。深く考えこんでいる時の癖だった。

「……なにか、気になることがあるんですね」

それぐらいは分かる。もう栞子さんとは何年も一緒に住んでいるのだ。はい、と彼女は言った。

「さっき電話でお話しした時、岩下さんは『約翰福音之傳』を『岩下家が百八十年近く大事にしてきたもの』と繰り返しおっしゃっていて」

「それがどうかしたんですか」

「ありえない、と思ったんです。もちろんお伝えしませんでしたが」

どういうことだろう。黙って先を促すと、栞子さんは考えを整理するようにゆっくり話し始めた。

「……ギュツラフたちは一年ほどで翻訳した、とさっき話しましたけど、短期間で翻訳されたのは理由がありました。海外に漂着し、翻訳にも協力した日本人の水夫たち……彼らを日本へ送る予定があったからなんです」

「早くしないと協力者がいなくなるってことですか」

そうですね、と栞子さんがうなずいた。

「それにもう一つ、ギュツラフは水夫たちを送り届ける航海に同行して、江戸幕府と布教の交渉を行う計画を立てていました。その際に翻訳された聖書を日本側に渡し、日本人に広く読んでもらうつもりでいたんです……でも、間に合いませんでした」

「間に合わなかった」

　俺は彼女の言葉をそのままなぞる。

「印刷とか製本が遅れたってことですか」

「印刷も製本も終わっていました。ただ、シンガポールにあった印刷所から輸送するのに時間がかかってしまったんです。完成した『約翰福音之傳』がマカオに届いた時、ギュツラフや水夫たちを乗せたモリソン号は日本へ向かって出航した後でした」

「モリソン号……？」

　うっすら聞き覚えがあるような、ないような。日本史の授業で習った気がする。

「有名な船でしたっけ」

「ある意味では……一八三七年七月、横須賀（よこすか）の浦賀沖に到着したモリソン号は、幕府に砲撃されてしまうんです。いわゆるモリソン号事件ですね」

「えっ」

　聞き覚えがある理由は分かったが、気になるのはそこではなかった。

「日本人も乗ってる船をいきなり撃ったんですか？」

「イギリスの軍船と誤認したと言われています。外国船を見かけたら砲撃で追い払えという、異国船打払令が発せられていた時代ですから」

「それで、ギュツラフたちはどうなったんです？」

「幸い大きな被害はなく、乗員たちも無事でした。ギュツラフたちは次に鹿児島へ向かって薩摩藩と交渉します。これも不調に終わり、モリソン号はマカオに引き返しました。ギュツラフが日本で布教する目的はかなわなかったんです……」

そこで栞子さんは我に返ったようにぎこちなく笑った。

「すみません。話が逸れましたね。結局、『約翰福音之傳』は印刷が間に合わず、日本に持ちこまれる機会もありませんでした。日本に上陸したのは二十年以上経った一八五九年、日本が開国した後です」

「誰が持ちこんだんですか」

「アメリカ人宣教師であり、医師でもあったジェームズ・カーティス・ヘップバーンです。日本ではヘボンという呼び方が一般的ですね。今、わたしたちも使っているヘボン式ローマ字を広めた人物でもあります。幕末に来日したヘボンは根気よく日本語を習得し、聖書の日本語訳を初めて完成させました。ギュツラフの事業を引き継いだと言えます」

聖書の翻訳だから当たり前だが、宣教師たちが深く関わっている。遠い日本までやって来て、ゼロから翻訳ができるところまで日本語を憶えていく。特にどこかの宗教を信じているわけでもない俺には、その意志の強さはうまく実感できなかった。

「岩下さんが持っているのは、そのヘボンが持ってた本なんですか？」

日本に初めて入ってきた聖書の日本語訳、それも歴史上有名な人物の蔵書だとしたら、価値はさらに上がるはずだ。

「ヘボンの蔵書だった『約翰福音之傳』は今は東京神学大学が所蔵していますから、幕末以降に持ちこまれた別の本だと思います……ただ、どう計算しても百八十年は経っていません。ありえないんです」

栞子さんの「ありえない」という感想にようやく話が繋がった。俺も頭の中で計算してみる。今年は二〇一四年だから、百八十年前は一八三〇年代――開国前の江戸時代、それこそモリソン号が砲撃された頃になってしまう。

「ただの勘違いじゃないですか？」

「わたしもそう思いました。でも、何度もそうおっしゃるので少し気になってしまって、一応伺ってみたんです。『江戸時代後期、天保年間から岩下さんのお宅にあるということでしょうか』って」

「岩下さんはなんておっしゃったんです？」

「『間違いありません』と岩下さんははっきりおっしゃっていました。『これは奇跡である……岩下家の者たちはそんな風に考えていました』と」

「どういう意味なんですか」

「分かりません。それにこうもおっしゃっていました。『あの本は岩下家の家宝であり、かつては御神体でもあったんです』と」

車内に沈黙が流れる。「奇跡」だの「御神体」だの、まったく意味が分からない。謎かけをされている気分だった。

県道を下るハイエースは市境を越えて鎌倉市に入っていた。目的地までもうすぐだ。

＊

岩下家はちょうど大船駅と北鎌倉の中間あたりにあった。

敷地（しきち）を囲んでいる土塀はあちこちにひびが入っている。塀の向こうでは細い木々の枝が絡み合うように茂っていた。中はかなりの広さがあるようだ。屋根のついた門の手前で、俺たちは車を停（と）めて外へ出た。

「古いお宅ですね」

と、俺はつぶやいた。小袋谷はごく普通の一軒家やアパートが並ぶ住宅地だ。その中でこの場所は明らかに異質な雰囲気を漂わせている。俺たちの背後にある道路に沿って、横須賀線（よこすかせん）の線路が走っていた。ちょうど青いラインの入った電車が通り過ぎているところだった。

電車から何度となく目にしてきたはずなのに、今までここを意識したことはなかった。まるで結界でも張られているみたいに、不思議と人目を惹（ひ）かない場所だ。

「……あ」

扉のない門の前で、栞子さんが立ち止まった。

「どうしました？」

「……あの家紋」

彼女は門屋根の下にある横木を見つめている。古びた家紋が掲げられている──丸の中に小さな卍（まんじ）。

自分の実家の家紋も知らない俺には、どう珍しいのかは分からない。ただ、妙に気になるデザインではあった。

「万字紋の一種ですけど、関東では珍しいはずです」

だとすると、岩下家の先祖は遠い地方から移り住んできたのかもしれない。

土塀の内側、門のすぐそばには瓦葺きの二階家が建っている。依頼人はその建物にいると聞かされていた。二階家に向かおうと門をくぐり、俺たちはふと足を止めた。

敷地の奥にもう一つ、恐ろしく古い大きな平屋があった。

黒い板壁に緑の雑草が目立つ茅葺き屋根。せり出した庇の下には広い縁側があり、開かれた障子戸の奥に土間も見える。時代劇にでも出てきそうな建物だ。小袋谷にこんな古い家が残っているとは思ってもみなかった。

「篠川さんですか」

張りのある大きな声が響いてきた。二階建ての方から年配の男性が近づいてくる。地肌が見えるほど短くした髪や顎から伸びた髭は真っ白だが、背筋はぴんと伸びている。ピンク色のシャツに白いハーフパンツという派手な服装で、よく日焼けした肌はつやつやしていた。スポーツクラブでよく見かけるタイプの、元気なお年寄りという印象だった。

「よく来て下さいました。わたしが岩下です」

軽く頭を下げてから、敷地の奥にある古い平屋を指差した。

「あちらの母屋で話しましょう」

俺たちの返事を待たずに、岩下順三は先に立って歩き出した。

「この母屋は江戸時代の中頃に建てられたと伝えられています。何度も大きな地震や台風に見舞われましたが、ご覧の通りびくともしていません」

岩下は歯切れ良く言った。古い平屋に案内された俺たちは、庭の見える座敷で向かい合っている。依頼人は相当な話し好きらしく、なかなか口を挟む機会を与えてくれない。旧家に住むお年寄りと聞いていたので、もう少し物静かな人物を想像していたのだが。

「電気や水道、ガスなんかを使えるよう工事をしたぐらいで、建物は江戸時代からほとんど変わっていません。なるべく昔のままに受け継いでいくつもりだったようです。とはいえ、不便ではあったんでしょう。わたしがまだ赤ん坊だった頃、当主だった父が門のそばに離れを建てて、そこで生活するようになったんです……普段、この母屋には鍵がかかっていました。冠婚葬祭や親族の集まりに使われてはいましたが」

俺は部屋を見回した。廊下に面していない三方は襖に囲まれている。取り払えば座敷を繋げて広間として使えるのだろう。黒く変色した欄間や柱は長い年月を感じさせる。

「今のご当主は……」

栞子さんが尋ねようとすると、はい、と岩下が高く右手を挙げた。

「一応はわたし、ということになりますかね。と言っても、もうここに住んでいるのはわたし一人です。子供たちは独立しましたし、家内も十年前に他界しました。今年でわたしも七十二になります。後は孫たちの成長を見守っていければ……」

ふっと言葉が途切れた。眉の間に影が差している。

「あの……？」

栞子さんが怪訝そうに声をかける。岩下はスマホを出して画像を俺たちに見せた。パジャマ姿で上半身を起こしている幼い少女が、岩下と寄り添っている画像だった。二人ともにっこりと白い歯を見せている。年齢はまるで違うが、笑った口元は少し似ていた。

「二歳になったばかりの孫娘です。可愛いでしょう？」

岩下が目を細めている。俺たちもつられて微笑（ほほえ）んだ。うちの娘と体格や髪形は少し似ていた。ちらっと扉子の顔が頭をよぎる。北鎌倉で祖母と叔母に囲まれて、今頃なにをしているだろう――。

（ん……？）

俺は画像に目を凝らした。よく見ると少女の鼻からは医療用のチューブが伸びている。場所も自宅ではなく病院のベッドらしい。岩下がスマホの画像を見せたのは、ただ孫を自慢するためだけではなさそうだった。

「この子は生まれつき心臓に重い疾患を抱えていましてね。今年に入って、アメリカで移植手術を受けることができました。ただ、かなりの手術費と滞在費が必要でした……娘夫婦にはとても賄えない。だから、この家を売って金を作ったんです。来月にはわたしもここを引き払う予定になっています。半年も経てばこの母屋も、あそこの離れも全部取り壊されて、立派な分譲地になるでしょうな」

説明する声から悔いは感じられない。孫を救うためだと割り切っているのだろう。同じ年頃の子を持つ親として、気持ちを察することはできる。もし扉子に重い疾患があり、多額の治療費が必要になったら、俺も栞子さんも迷わず財産を手放すはずだ。

「それで、手術は……」

俺がおそるおそる尋ねると、岩下は画像とそっくりの笑顔になった。

「どうにか成功しました……でも、追加の滞在費用が必要になりましてね。感染症にかかってしまって、退院が長引きそうだと」

感染症という言葉が耳に残った。移植手術後の感染症は命にも関わると聞いたことがある。岩下はこともなげに語っているが、経過が良好なわけではなさそうだ。

「売れるものはあらかた売ってしまいましたが、ふと思い出したんです。うちにはまだ家宝の本があるじゃないかってね。で、五浦恵理さんにお願いして、お宅の店に連絡を取っていただいた次第です」

「……そうでしたか」

栞子さんが静かに応じた。岩下が売ろうとしているのは最後の財産ということになる。先祖伝来の土地も、家宝も失うことになにも感じないわけがない。かといって、こちらが立ち入るようなことでもなかった。今、できることは誠実に蔵書を査定して買い取ることだけだ。栞子さんもきっとそう思っているだろう。

「ご本を見せていただいてもよろしいでしょうか」

と、彼女は言う。そういえば座卓の上にも、その周りにも本らしいものはまったく見当たらない。岩下が白髪頭をかいた。

「実はですね……今は見せられないんです。場所が分かりませんので」

思わず耳を疑った。呆気に取られている俺たちに、岩下は慌てたように言葉を継いだ。

「いや、失礼しました。もちろん本はあります。この母屋のどこかに仕舞われている……ただ、詳しい場所がもう誰にも分からんのです。お二人にはそれを見つけていただだきたい。ビブリア古書堂はただ古い本を売り買いするだけではなく、本にまつわる相談にも乗ってくれるんでしょう？」

　意味ありげに笑いかけてくる。確かにビブリア古書堂は古書についての特殊な依頼を受けることもある。けれども古書の買い取りに呼ばれて、その古書をまず捜してくれと頼まれたのは、俺の知る限り初めてのことだ。

「これはお宅にも見返りのある話です。百八十年前、この国に初めて入ってきた聖書の翻訳本を買い取る機会があるわけですから」

　この国に初めて、というところを岩下は強調する。栞子さんがおもむろに口を開いた。

「百八十年前、つまり天保年間ですと、通説よりも前に入ってきたことになりますが……」

「ええ、そうなります。通説を覆す、歴史上の発見になるでしょう。まずはこれをお見せした方がいいかな」

　岩下は自分の膝元から写真立てを取り出した。おそろしく古いモノクロ写真が中に入っている。紋付き袴(はかま)の正装した老人と、二、三歳の晴れ着姿の少女が写っている。老人の黒い羽織(はおり)には門でも見かけた万字紋が入っていた。

写真の下の端、二人の足元あたりにたどたどしい毛筆の書き込みがあった。

「明治九年三月　横濱ニテ　御本ト丸子ト共ニ」

明治九年三月に横浜で撮影されたらしい。

「この人はわたしの高祖父にあたる岩下十吉(ときち)……四代前の当主です。この時は五十代半ば、今のわたしよりも若いですな。とてもそうは見えませんが」

白髪交じりの髭と坊主頭のせいか、目の前の依頼人によく似ている。五十代とは思えない風格だが、それは今の感覚で見てしまうからだろう。昔の人の寿命は今よりずっと短かったと聞いたことがある。五十代はれっきとした老人なのだ。

岩下十吉は斜めを向いた椅子に座り、顔だけをカメラに向けている。そして、糸綴(と)じの大判の本を膝の上で開いていた。表紙は無地のようだが、扉のページに大きく書名が印刷されている――『約翰福音之傳』。椅子が正面を向いていないのは、たぶんこの書名を写すためだ。

「十吉の写真はこれだけですね。自分が大切にしているものと一緒に、記念写真を撮ったそうです」

それが「御本」、そして「丸子」というわけだ。たぶん「まるこ」と読むのだろう。御本はもちろん聖書の日本語訳、丸子は隣にいる少女の名前に違いない。丸子は座っている十吉のすぐそばに立っていた。

「ここに写っている『約翰福音之傳』が、お屋敷のどこかにあるということですね」

栞子さんの質問に岩下はうなずいた。

「ええ。この写真が撮影された時より四十年近く前、十吉がまだ十代の頃に手に入れたものなんです」

明治九年より四十年近く前——確かに幕末よりずっと前になる。それが本当ならの話だが。

「一緒に写っている丸子さんは、十吉さんとどういうご関係なんですか」

「丸子は十吉の孫です。わたしにとっては祖母にあたります。わたしが子供の頃、祖母はそこの縁側で十吉の話をよく聞かせてくれたものでした」

岩下は部屋の外に遠い目を向ける。

「十吉は息子夫婦を早くに亡くしていて、孫も丸子一人しかいませんでした。文字通り目に入れても痛くないほど可愛がっていたそうです」

俺は改めて写真を見下ろした。二人とも表情はかしこまっているが、丸子の小さな手は祖父の袴をぎゅっと摑んでいる。俺はさっき見せてもらった依頼人と孫娘の画像を思い出した。きっと同じように孫から愛される祖父だったのだ。

「この写真を撮った時以外、十吉はこの本を母屋から決して出さずに隠していたそうです。後に岩下家を継いだ丸子も、祖父にならって本の場所を他人に明かさなかった……だから、どこにあるのか分からなくなっているんです」

つまり岩下家に『約翰福音之傳』が存在する証拠はこの写真しかないということになる。家族にまで場所を隠す理由が俺には理解できなかった。

「なぜ、十吉さんは百八十年前に『約翰福音之傳』を手に入れることができたんでしょうか」

栞子さんが核心に触れる。岩下は間を取るように軽く咳払いをした。

「十吉は名前の通り、岩下家の十番目の子でした。岩下家は村の組頭を務める富農でしたが、さすがに十人以上の子は養いきれない。十吉は十代で家を出て、漁師の見習いをやっていたんです……横須賀の浦賀で」

横須賀の浦賀。今日、どこかでその地名を聞いた気がする。栞子さんが口にしていたような――隣で彼女が大きく目を見開いていた。

「モリソン号事件と関係があるということですか？」

そうだった。百八十年前、ギュツラフたちを乗せたモリソン号は横須賀の浦賀湾で砲撃を受けたという。近くで仕事をしている漁師なら、事件を知っていても不思議はない。

「ええ。祖母の丸子が十吉から聞いたところでは、十吉は砲撃されるモリソン号を目撃したそうです。その夜、沖合で待機するモリソン号に小舟で近づき、ギュツラフと面会しました。そして大いに歓迎され、『約翰福音之傳』を授けられたんです。この出会いは奇跡として岩下家で語り継がれています」

「……あれ？」

俺は首をかしげた。それは話がおかしくないだろうか。

「モリソン号に積まれるはずだった本は、シンガポールからの輸送が間に合わなかったんじゃないですか？」

翻訳は終わっていたけれど、印刷所から本が送られてきた時、モリソン号は出航していた。確かそんな話だったはずだ。十吉に授けられるわけがない。すると、岩下は感じ入ったようにうなずいた。

「さすがビブリア古書堂の方はお詳しいですね。『ビブリア』、つまり聖書を店名にされているだけある」

「いえ……」

曖昧に笑うしかなかった。話は栞子さんからの受け売りだし、「ビブリア」の店名を付けたのは初代店主だ。俺にはまったく関係ない。

「当時シンガポールの印刷所では、モリソン号がマカオを出発するかなり前に印刷を終えていました。少部数の見本がマカオに届いていたとしても不思議はないでしょう?」

「……わたしの知る限り、モリソン号が『約翰福音之傳』を積んでいたことを示す史料はありません」

栞子さんが言った。岩下の話はただの憶測ということだろう。「不思議はない」からといって事実とは限らない。

「仮にお話が事実だとしても、分からないことがあります。幕府から砲撃された外国船に、なぜわざわざ十吉さんが近づいていったのか……ギュツラフたちもなぜ、見ず知らずの若者に大事な聖書の翻訳本を授けたのか……」

確かに不自然だった。外国船が日本に来るのを禁じていたぐらいだ。日本人が外国船に近づいていいわけがない。万が一、好奇心からそうしたとしても、無鉄砲な若者をギュツラフが「大いに歓迎」するのもおかしい。

「それについては簡単に説明がつきます。十吉には外国人と会うべき理由があったんです……特に、キリスト教の聖職者に」

古い屋敷の中で岩下の声が大きく響いた。

「十吉は隠れキリシタンでした。江戸時代、岩下家の者たちは皆キリシタン信仰を持っていたんです」

*

「え？」

俺は首をかしげた。

隠れキリシタンという言葉ぐらいは知っている。江戸時代にキリスト教を禁じられながら、ひそかに信仰を保つ信徒たちがいたという。関東から遠く離れた土地の話だとばかり思っていた。小袋谷に近い大船で生まれ育った俺も、このあたりに隠れキリシタンがいたなんて一度も聞いたことがない――。

「……聞いたことがあります」

栞子さんのつぶやきに、俺は目を剝いた。

「本当の話なんですか？　あ、すいません」

正直に訊いてしまってから、岩下に頭を下げる。隠れキリシタンの子孫だと言っている人に対して失礼だ。

「いえ、構いませんよ。それが普通の反応です……あなたはご存じなんですね」

岩下に問われた栞子さんは、うなずいて話し始めた。

「江戸時代、幕府は寺請制度を設けて、人々に寺院の檀家になるよう義務付けていました。キリスト教など禁教の信徒を炙り出すためです。そこで隠れキリシタンたちは、他宗派に寛容な寺院の檀家となることで追及を逃れていた……北鎌倉にも彼らを受け入れていたと言われる時宗のお寺があるんです」

「じゃあ、このあたりにも隠れキリシタンが大勢いたってことですか」

「人数まではっきり分かっていませんが、一人や二人ではなかったはずです。江戸時代のはじめ、小袋谷に住んでいた信徒たちが発見され、処刑されたという記録も残っています……北鎌倉のあるお寺には、隠れキリシタンが使用していたとされる燭台が今も安置されているんです」

「……知りませんでした」

遠い時代の遠い地方の話が、急に身近なものに感じられてきた。

「今はネットで検索すると、そういう情報も出てきますよ」

　後で調べてみようと思った。栞子さんは岩下の方に顔を向ける。

「万字紋を家紋にされているのも、信仰と関係があったんでしょうか」

「おっしゃる通りです。岩下家の先祖が家紋に選んだのがあの万字紋でした。家の中に決して十字架を置かず、代わりにそれに似た意匠だけを飾る……用心深く振る舞っていたおかげで、江戸時代初期にあった小袋谷での弾圧も逃れることができた」

　確かに「卍」には十字が含まれている。信仰の対象に少しでも近いものが選ばれたのだろう。

「江戸時代、隠れキリシタンの間では黒船に乗った神父……コンヘソーロがいつか現れるという予言が言い伝えられていました」

　岩下は話を続ける。

「十吉もその予言を信じる一人だったんです。モリソン号で信仰を明かした若者に、ギュツラフは大いに感動して『約翰福音之傳』を授けたというわけです。もちろん十吉もそれは同じでした。これは奇跡だ、さんた丸屋のお導きだと喜んで祈りを捧げたとか……」

「さんた丸屋？」

「聖母マリアのことですね」

俺の疑問にも岩下はきちんと答えてくれる。

「十吉は岩下家に急いで本を持ち帰りました。信徒以外の人間には決して見せてはなりませんから、厳重に隠されることになりました。同時に、この本は御神体として扱われるようになったんです」

「あの、御神体というのは……」

また俺は口を挟んだ。いちいち話の腰を折るのは心苦しかったが、出てくる言葉の意味が分からない以上どうしようもなかった。

「隠れキリシタンたちの信仰の対象となる宝物(ほうもつ)です。聖人の描かれた掛け絵だったり、仏像などに偽装されたマリア像だったり、聖水の入った壺(つぼ)だったり……それが小袋谷では一冊の本であったわけです。農作業が終わって日が沈む頃、このあたりの隠れキリシタンたちは岩下家に集まってきて、こっそり礼拝を行っていたそうです」

古書が隠れキリシタンたちの信仰対象になっていた——ここまで来ると俺の想像を超えている。ふと、岩下は唇の端に笑みを浮かべた。

「一部の隠れキリシタンたちは御神体が人智(じんち)を超えた奇跡を起こすと信じています。岩下家の者たちもそうでした。『約翰福音之傳』に祈れば祈るほど健康になり、長生きすると思いこんでいたんです」

今日、奇跡という言葉を岩下は何度か口にしている。俺はなぜかそのたびに説明のできない違和感を覚えていた。

「実際に健康になった方がいらしたということですか？」

栞子さんが尋ねると、依頼人の笑みが大きくなった。

「十吉は兄たちを次々と亡くし、男子では唯一、明治維新後まで長生きしました。当人は御神体の加護だと思っていたようで。その孫の丸子も、この写真を撮る前、馬車に轢かれて瀕死の重傷を負いましたが、十吉が御神体に祈ると奇跡的に回復したそうです……こんな言い伝えは他にも沢山あります。うちで『御授け』……洗礼を受けた者は誰でも、一度は御神体に命を救われているらしいですよ」

ついに岩下は笑い声を立てた。不意に栞子さんが口を開いた。

「岩下さんはキリシタン信仰をお持ちではないんですね」

その指摘にはっとした。違和感の正体がやっと分かった。この人はずっと先祖たちのキリシタン信仰を他人事として語っている。「奇跡」についても冷やかすような態度を隠そうとしなかった。

「まともに信仰を持っていたと言えるのは祖母までです。それでもよく保った方だと思いますよ。小袋谷には他にも隠れキリシタンの家がありましたが、維新の前にはすべて絶えていたそうですから」

「……わたしたちが『約翰福音之傳』を見つけ、買い取っていっても差し障りはありませんか」

栞子さんが遠慮がちに尋ねる。そうだった。信徒にとって御神体が失われれば、その加護も失われることになる。まして岩下の孫は海外で治療を受けている最中なのだ。

「まったく問題ありません。本が奇跡を起こすなんてあるわけがない。まだ金に換えた方がましというものです」

岩下はきっぱりと言い切った。

「遠慮なく買い取っていってください。お願いします」

それでも、栞子さんの表情は晴れなかった。信仰の対象を踏みにじるようで複雑な気持ちなのだろう。しかし、断ったところで岩下の孫の入院費がどこかから出てくるわけでもない。古書を売った金は確実に役に立つはずだ。

「分かりました。お捜しします」

覚悟を決めたように彼女は言った。

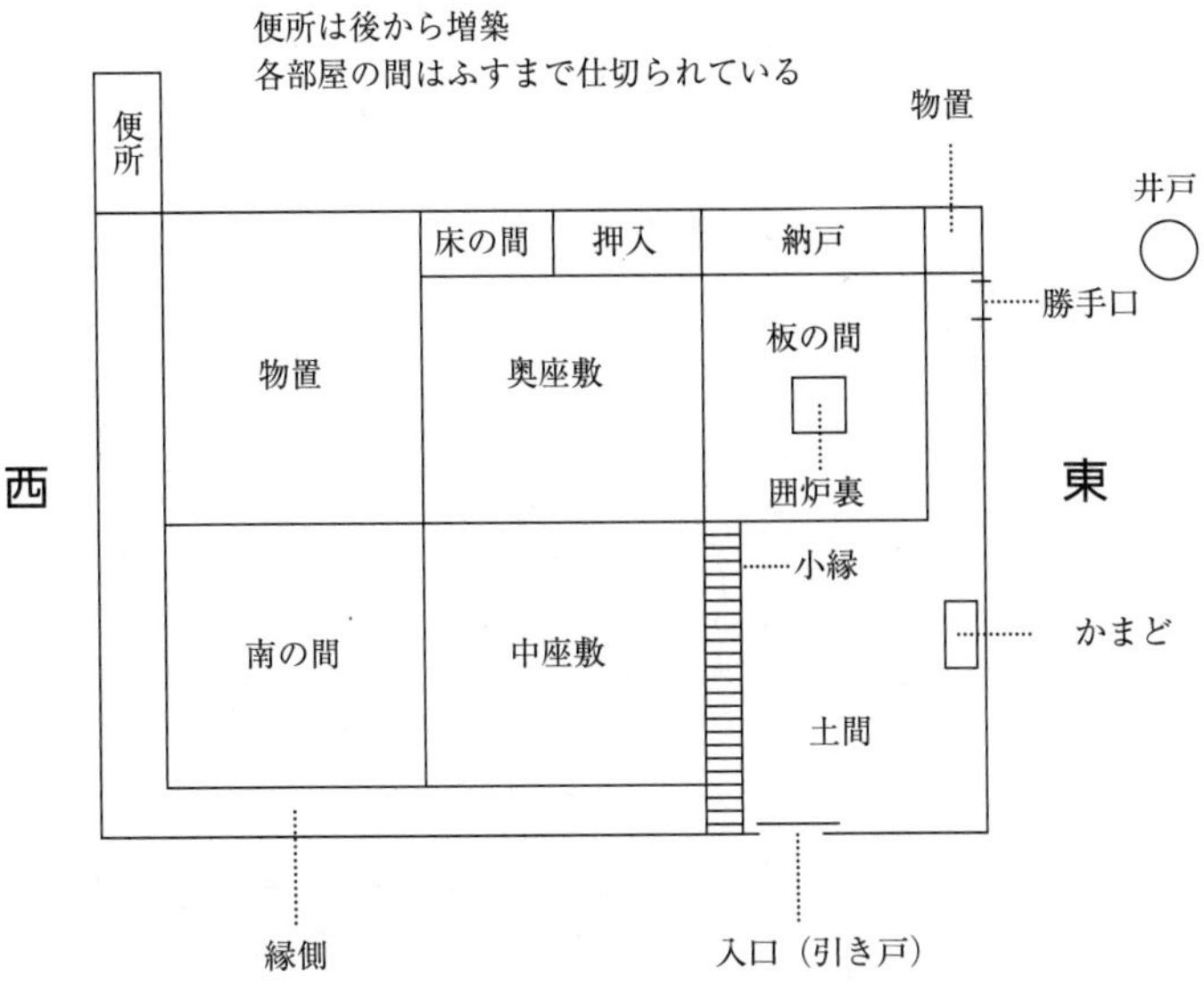

便所は後から増築
各部屋の間はふすまで仕切られている

便所
物置
井戸
床の間
押入
納戸
勝手口
物置
奥座敷
板の間
囲炉裏
西
東
小縁
かまど
南の間
中座敷
土間
縁側
入口（引き戸）

「御神体は礼拝所に隠されていると祖母は言っていました。ただ、どの部屋が礼拝所として使われていたのか、それが分からなくなっているんです。御授けを受けた者以外、礼拝をはじめとするキリシタンの儀式には一切関われなかった……岩下家の当主であってもそうでした。わたしの親父も知らなかったはずです」

岩下の説明を聞きながら、俺たちは屋敷の中を見て回っている。岩下家の母屋には三つの畳敷きの和室があり、さっきまで話していたのは中座敷。北側の襖を開けた先にあるのが奥座敷、西側にあるのが西の間と呼ばれているそうだ。座敷同士と縁側はそれぞれ襖で繋がっている。

俺たちは座敷を見た後、収納スペースがあるという板の間に入った。

「これまでにも御神体をお捜しになったことはありましたか」

板の間を見回しながら栞子さんが尋ねる。板の間は入り口の土間と繋がっていて、中心には囲炉裏もあった。土間には古い屋敷にそぐわない、真新しいアルミ製の脚立が置かれている。

「一通り捜しました。そこの脚立で天井裏も……後は床下も少し覗いてみましたが、隅々まで見たわけではありません。下手に素人が手を出して御神体を傷つけるのも心配でしたから」

それで俺と栞子さんが呼ばれたというわけだ。俺たちは板の間の奥にある納戸を確認した。大きな鉄鍋や釜、欠けた大皿がいくつか棚に残っているぐらいで、本らしいものはどこにも見当たらなかった。

「床下や天井裏も捜しますか」

俺は栞子さんに言った。正直言って気は進まない。どちらも暗く、見通しが悪そうだった。どんな状態か分からない古書をさらに傷つける心配もある。俺も栞子さんも古書店の人間であって、家捜しのプロではないのだ。

「最後はそうするにしても、範囲が広すぎますね。まずは礼拝所を突き止める方が効率的でしょう……どこかに手がかりがあるといいんですが」

人々が集まるなら、三つの座敷のどこかと考えるのが自然だ。今見た限りでは、どの座敷にも家具らしい家具はなかった。本を仕舞えるような場所も見当たらず、礼拝所に繋がる手がかりもなかった。

「御神体以外にも、礼拝で使われる道具がなにかあるはず……」

独り言のようにつぶやいてから、栞子さんは岩下に尋ねた。

「板の間の納戸以外で、家具などが仕舞われている場所はありますか」

「奥座敷の先に物置があります。炊事や食事に関係のないものはそこに放りこんでありますね。こちらです」

岩下は奥座敷を横切って、さっきは開けなかった襖に手を掛ける。その先はやけに暗い板張りの部屋で、埃っぽく空気が澱んでいる。他の部屋との間仕切りには欄間がなく、鴨居と天井の間には壁があるだけだった。換気が行き届かないのはそのせいだろう。

この暗さでは部屋の中をきちんと確かめられない。俺は奥まで歩いていき、左右に戸を開け放った。とたんに強い光が差しこんでくる。

俺が開けたのは襖ではなく、腰より上の高さの板戸だった。その向こうは縁側になっている。他の部屋とは違って、廊下との間仕切りに腰壁があった。

午後も遅い時間のせいか、西日が縁側まで伸びてきている。この物置は真西を向いているようだ。振り向くと物置の隅々まではっきり見ることができた。壁際や襖の前には古い木箱や簞笥や文机がいくつも置かれ、俺たちに出されたものと同じ柄の座布団が積まれていた。

それなりに片付いて見えるのは、部屋の真ん中あたりがぽっかり空いているせいだろう。広さも座敷や板の間と同じぐらいあった。

「めぼしいものは知り合いの古道具屋に引き取ってもらいました。今、残っているものはがらくたですよ」

岩下が説明してくれた。物置に入ってきた栞子さんは、なぜか足元に視線を落としている。やがて顔を上げ、壁際にある大きな絵に近づいていった。

「これ……なんでしょう」

俺も彼女の隣から絵を眺める。淡い墨で山々や木々が描かれた風景画──山水画というものだろう。かなり黄ばんでいて、紙全体に小さな染みが散っている。よく見ると壁にかかっているのではなく、大きな衝立（ついたて）に貼り付けられていた。

「その絵は江戸時代の作らしいですが、まったく価値はありません。状態もよくありませんしね。古道具屋には絵を剝がして衝立だけにした方が、アンティークとして高く売れるかもしれないと言われましたよ」

苦笑しながら岩下が語る。衝立の高さは俺の肩まで、両手を広げれば左右の縁に届くぐらいの幅があった。

「この衝立、移動しても構いませんか」

栞子さんが許可を求める。礼拝所を捜すために必要なのかもしれない。もちろんです、と岩下が応じた。

「どの部屋に持っていきますか」

意外に軽い衝立を持ち上げて、俺は栞子さんに尋ねる。けれども、彼女は物置の中心に立ったままだった。

「すみません……こちらにお願いします」

とにかく運んでいくと、栞子さんは床板を指差した。

「黒い四角がいくつかあるのが分かります？」

長い年月で床板はかなり黒ずんでいる。よくよく目を凝らしてみると、親指の先ほどの黒っぽい長方形が二つ描かれていた。いや、少し離れたところにもう二つある。全部で四つだ。

「四つの四角が隠れるように衝立を置いてください」

それぞれの四角は衝立の台足の裏——床に接する部分にぴったり合った。偶然ついた染みではない。衝立をここへ置くために、わざとつけられた目印なのだ。さっき栞子さんが床を眺めていたのも、この目印に気付いたからだろう。

衝立の山水画は物置の中心に立ち、廊下の方を向いている。

「これ、ご存じでした？」

俺が尋ねると、岩下は困惑気味に首を振った。

「いや、知りませんでした。どういう意味があるんでしょうか」

栞子さんに向かって言う。しかし、戸惑っているのは彼女も同じだった。

「そこまでは分かりません。なぜ、ここに衝立を置く必要があるのか……」

とはいえ、いかにも怪しいのは確かだ。あるいはこれが礼拝所に繋がる手がかりなのかもしれない。山水画を眺めていた俺は、ふと衝立の裏側に回りこんだ。謎の答えでも書かれていないかと期待したが、そんなに甘くはなかった。地味な灰色の紙が一面に貼り付けてあるだけだ。文字もなければ絵もない――。

「……なんだこれ？」

俺は背をかがめた。上寄りの中央辺りに、長さ三十センチぐらいの金色の横線が入っている。どうやら灰色の紙に金箔（きんぱく）が貼られているらしい。いつのまにか、栞子さんも俺のそばに立っていた。眼鏡がつきそうな勢いで、その横線を凝視している。

「栞子さんはどう思います？」

軽い気持ちで尋ねたが、返事はなかった。驚いたように両目も口も大きく開いている。

「……大輔くん」

「はい」

彼女は急に背筋を伸ばすと、両手でがっと俺の拳を摑んで上下に激しく振った。

「すごい発見です！　やっぱり大輔くんはすごいです！」

　褒められるのは嬉しいが、一体なにを発見したのか俺自身が分かっていなかった。あと、人前なのに顔が近すぎる。扉子が眠った後、夫婦二人きりになった時の距離感だ。

「岩下さん！」

　俺の手を握りしめたまま、岩下の方を振り返った。

「一番明るいライトと延長コード、貸していただけますか？」

「え？」

　唐突なお願いに岩下だけではなく、俺まで声を上げてしまった。


　これならありますが、と岩下が離れからクリップライトを持ってきてくれた。工事現場で使われているような、針金のガードがついている無骨なタイプだ。

「すみません。これも貸してください」

　いつのまにか物置から姿を消していた栞子さんが、アルミの脚立を抱えてよろよろと板の間から歩いてくる。慌てて駆け寄った俺が脚立を受け取った。栞子さんには怪我の後遺症がある。力仕事はまだ得意ではない。

ライトを設置したいのは廊下だという。物置から廊下へは直接出られないので、隣の座敷から回りこんだ。

「このお屋敷で礼拝が行われていたのは、日が沈む頃だというお話でした」

脚立にライトを取り付けて、栞子さんはスイッチを入れる。左右に開かれている引き戸越しに、物置の中心にある衝立が明るく照らされる。といっても脚部や上の縁には光が当たらず、黄ばんだ山水画だけに四角いスポットライトが当たっている格好だった。

「日没前にはちょうどこんな風に光が射しこんだはずです」

どうやら夕方の日射しを再現したかったらしい。

「不思議だったんです……どうして、この物置だけ廊下との仕切りに、襖ではなく腰壁があるのか。廊下から直接物置に入れません」

栞子さんは話を続けながら、隣の座敷を経由して物置に戻った。俺と岩下もその後に続く。妙に不便な間取りだとは俺も思っていた。

「物心ついた時からこうだったので、気にしたことがありませんでした……確かにおっしゃる通りだ」

岩下が低い声でつぶやく。

「一体、なんのためにこうなっているんでしょうか」

「おそらく適度なサイズの光を物置に入れるためです。このお屋敷を建てた方は、この物置にどんな光を取りこむか、とても緻密に計算しています。この物置にだけ鴨居の上に欄間がないのも、光の量を制限するためでしょう」

説明されてもよく分からなかった。栞子さんは座敷に通じる襖をすべて閉め、光の中にある衝立を持ち上げようとする。俺も絵に触れないよう反対側の縁をつかんだ。

「どこへ動かすんですか？」

「いえ、表と裏の向きを変えるだけです」

言われるままに一八〇度回転させる。衝立の台足は表側も裏側も同じ形なので、さっきと同じように床板の目印とぴったり合った。なにもない灰色の紙がライトに照らされている。真ん中あたりにあるはずの金色の横線は、光に埋もれてはっきり見えなかった。

「やはり、こちら側が表ですね」

「どういうことですか？」

俺は思わず尋ねる。栞子さんはライトのある方に近づくと、腰壁の上にある二枚の板戸を閉めていく。まず右を、次は左を——部屋が一気に暗くなったが、完全な暗闇にはならなかった。栞子さんは板戸を完全に閉めず、真ん中に細い隙間を作っている。

「あっ！」

俺と岩下は同時に声を上げた。四角だったライトからの光は幅が細く狭められ、衝立の中にぴったりと収まる細い縦の線になった。金箔で描かれた横線も淡く輝き、光の縦線ときれいに交差する。

衝立の中に金色の十字架が浮かび上がっていた。

信仰心の薄い俺の背筋にも震えが走る。それこそ奇跡のように美しい眺めだった。

「ここが礼拝所だったんです」

栞子さんが告げた。きっとこの物置に信徒たちが集まっていたのだろう。キリストに祈りを捧げる場所に十字架は必要だが、屋敷の中に十字架を置くわけにはいかない。弾圧を逃れるための知恵だったのだ。

「この部屋のどこかに『約翰福音之傳』もあるはずです」

急に岩下が襖を開けて飛び出していき、やがて短いバールを手に戻ってきた。十字架の前に屈みこむと、床板の隙間に先端を差しこんだ。

「こんな十字架の仕掛けがあるなんて、今までまったく気付きませんでした」

興奮を抑えつけるような、くぐもった声で岩下は言った。彼は何枚もの厚い床板を手際よく外していく。

「しかし、別のことが昔から気になっていたんです。ここの床板はやけに軋む……見て下さい。ここだけ根太が入っていない」

やけに大きな穴が空いて、ぽっかりと床下の土まで見えている。確かに床板を支えるはずの横木が足りないようだった。廊下から持ちこんだクリップライトで照らしてもらいながら、俺が靴を履いてその穴から床下に降りてみた。柔らかい土に靴がめりこむ――ふと、爪先になにか硬いものが当たった。

「御神体の近くには、目印になるものが置かれているかもしれません。大きな石や、木の板といったものが」

岩下の声を背中に聞きながら、屈みこんだ俺は慎重に土を掘り返した。彼の言葉通り、ラグビーボールぐらいの細長い石が現れた。それを持ち上げてみると、その下につるつるした紙で包まれた四角いものが現れた。包みを栞子さんに手渡して、俺は床の上に戻った。

栞子さんは包みの紐を慎重にほどき、紙を開いていく。

「これは油紙ですね……どこも傷んでいません」

油紙の中から少し小さくなった油紙の包みが出てくる。二重の包装を開くと、今度こそ無地の黄色い表紙が現れた。週刊誌ほどの大きさで、糸で綴じられた古書。装釘（そうてい）は和本を思わせる。栞子さんが表紙をめくると、扉ページに大きく書名が印刷されていた。

『約翰福音之傳』

虫食いどころか小さなシミもほとんど見当たらない。長い間、土の下にあったとはとても思えない、信じられないほどの美本だった。

*

それから数分後、俺と栞子さんは岩下家の門を出て、ハイエースに乗りこんでいた。古書が見つかった途端、岩下の態度が急に変わったのだ。

「とりあえず、今日はその本を持って帰っていただけますか……いくらぐらいの値が付くか、明日にでも連絡をいただければ結構ですので」

古書には目を向けずに、早口で俺たちに言う。先祖伝来の御神体を売ってしまうことに、急に罪悪感が湧いたのかもしれない。こちらとしても持ち帰ってじっくり査定できる方が助かる。古書を油紙に包み直して、俺たちは屋敷の外へ出た。

岩下は門の外まで見送ってくれたが、どこか上の空で落ち着かない様子だった。俺が会釈をしてドアを閉めようとした時、栞子さんが助手席から身を乗り出すようにして、岩下に声をかけた。

「あの、一つ伺ってもよろしいですか」

「なんでしょうか」

「十吉さんと丸子さんのお名前は、キリシタンの教義にも由来しているんですよね」

岩下は困惑したように目を瞬(しばた)かせた。それでも、答えにためらうことはなかった。

「らしいですね。十吉の名には十字架(くるす)が含まれていますし、丸子は聖人のさんた丸屋にあやかったそうです」

十番目の子だから十吉だと言っていたが、それだけが名付けの由来ではないということだろう。

「皆さん、幼い頃に洗礼……『御授け』を受けていらっしゃったんですか」

「らしいですよ。特に聖人にちなんだ名の者は、赤ん坊の時に『御授け』を受けていたと聞いています」

それがどうかしましたか、と訊きたげな岩下の機先を制するように、栞子さんは頭を下げた。

「ありがとうございました……正式な査定額は明日までにご連絡します」

助手席のドアを閉めてシートに収まる。俺はエンジンをかけて発車させた。バックミラーに映る岩下の姿がみるみるうちに小さくなった。土塀の角を曲がり、姿が見えなくなってから俺は口を開いた。

「どうして洗礼のことを訊いたんです？」

「ちょっと気になることがあって……あの、少し車を停めてもらってもいいですか。『約翰福音之傳』を確認したいので」

俺は児童公園のそばに停車した。栞子さんが油紙を開いて、慎重な手つきで古書をめくり始める。

ジャングルジムで追いかけっこをしている子供たちの歓声がウィンドウ越しに聞こえてきた。西の空に太陽が沈みかけて、地面には遊具の影が長く伸びている。

「やっぱり、とてもいい状態です」

やがて、しみじみと栞子さんが言った。

「本物ですよね？」

依頼人の前では口にできなかった質問をする。百八十年前の本にしては気味が悪いほど状態がいい。栞子さんがうなずいた。

「もちろんです。偶然、あの床下が保存に適切な温度や湿度になっていたんでしょう。包装に油紙を使っていたのもよかったですね」

栞子さんが言う以上、その通りなのだろう。それでもつい超自然的な——神の力にでも守られているような想像をしてしまう。

彼女は今、本文の最初のページを開いている。行によって字の大きさが微妙に違っている。金属活字を使ったのではなく、削った版木から印刷された木版本だからだろう。文章はすべてカタカナだったので、俺にも読むことができた。


ハジマリニカシコイモノゴザル。コノカシコイモノ　ゴクラクトトモニゴザル。コノカシコイモノゴクラク。、ハジマリニカシコイモノ　ゴクラクトトモニゴザル。ヒトワコトゴトク　ミナツクル。ヒトツモ　シゴトハツクラヌ、ヒトツクラヌナラバ。


同じ言葉の繰り返しで意味はよく分からない。呪文みたいだった。

「今の翻訳だとどうなっているんですか？」

「そうですね。現在、広く読まれている新共同訳では……」

栞子さんは記憶を辿るように目を閉じた。


　初めに言があった。言は神と共にあった。言は神であった。この言は、初めに神と共にあった。万物は言によって成った。成ったもので、言によらずに成ったものは何一つなかった。


現代の翻訳でもまあまあな繰り返しだ。理解に苦しんでいると、栞子さんが説明を添えてくれた。

「『言』は『ロゴス』というギリシャ語の翻訳ですね。ただ言語を指しているのではなく、理性や真理などを含む幅広い概念です。ギュツラフたちが『カシコイモノ』と訳したのもそのせいでしょう。この場合は神によって遣わされたイエス・キリストを指しているというのが一般的な解釈です」

万物が言葉によって生まれた——この聖書も当然その一部だ。いや、言葉そのものについて語られているから、より神に近いなにかということになる。「御神体」として扱われていても不思議はない。

「これ、本当に買い取ってよかったんでしょうか」

俺たちをこの古書ごと遠ざけるような、岩下の態度がまだ引っかかっていた。

「わたしも同じことを思っていました」

栞子さんが言った。

「だから今、確認していたんです……ここ、見て下さい」

彼女は『約翰福音之傳』のページをめくって、ある一文を指差した。

ヨハン子ス　ヒトユヱカヨニダンギヲカタル。

「ヨハン子ス……？」

文字は読めるが相変わらず意味が分からない。

「ヨハンネス、ですね。イエス・キリストの到来を告げる洗礼者ヨハネを指しています。キリシタンの教義では『さんじゅわん』と呼ばれることが多いですね。ここはやがて現れるイエスについて語っている箇所で……『ヨハンネス、人故かように談義を語る』と読めばいいんでしょうか……訳文も不安定で意味が分かりにくいです」

「ここ、文字が変じゃないですか」

不安定なのは訳文だけではなかった。「ユヱカヨニ」の五文字だけ周囲と明らかに字体が違っていて、サイズも少し大きめだった。

「元は別の訳文だったんですが、訂正されたんです」

「え？」

詳しく訊こうとした時、栞子さんが顔を上げて西の空を眺めた。太陽が建物の屋根に近づいてきている。

「すぐに岩下さんのお宅に戻りましょう」

切羽詰まった声で言った。急がなければならない理由があるらしい。話をする暇もなく、俺はエンジンをかけてハイエースを発車させた。

＊

再び岩下家の門をくぐると、夕日を浴びた母屋があかね色に輝いていた。光の届かない建物の東側には黒々とした影がまとわりついている。

「……岩下さん」

開きっぱなしの引き戸から、土間に向かって栞子さんが声を掛ける。返事はなかった。俺たちは建物の西側に回りこむ。さっきと同じように縁側の戸はすべて開いていて、物置との間仕切りにある腰壁が見えた。その上の引き戸も開け放たれている。

栞子さんがもう一度岩下の名を呼んだが、沈黙が返ってくるだけだった。奇妙な雰囲気に胸騒ぎがする。俺は靴を脱いで縁側に上がり、引き戸越しにおそるおそる物置を覗きこんだ。

物置の中にまで射しこんだ夕日が、衝立の下半分を照らしている。もう少し経てば、太陽で例の十字架を作れそうだった。

「あれ、見て下さい」

いつのまにか縁側に上がってきた栞子さんが、衝立の手前に目を向けている。朱塗りの盆の上に、見覚えのある細長い石が立てられていた。『約翰福音之傳』を見つけた時、一緒に置かれていた目印だ。なぜか面積の小さい方を下にして直立している。あちこちに土がへばりついているが、不思議と人の形をしているように見える。

「お二人とも、どうなさったんですか」

古い屋敷に声が響いた。廊下の角を曲がった岩下がこちらに近づいてくる。彼は目を丸くしているが、俺の方も驚いていた。さっきまでのピンク色のシャツとハーフパンツではなく、万字紋の入った黒い羽織袴(はおりはかま)をきちんと身に着けている。

俺たちが立ち去ってから着替えたのだろう。その姿は彼の高祖父――岩下十吉にぞっとするほど似ていた。まるで古い写真から抜け出してきたようだった。

「申し訳ありません。勝手に上がってしまって」

と、栞子さんが頭を下げた。

「お預かりした古書について、確認したいことがあります。よろしいでしょうか」

「……なにを確認したいんですか」

「その前に……岩下順三さん」

彼女は不意に依頼人のフルネームを口にした。ぴくりと岩下の肩が震える。

「お名前は『さんじゅわん』にちなんだものでしょうか」

俺ははっとする。「さんじゅわん」は洗礼者ヨハネを指している、とさっき栞子さんから聞いた。岩下は苦笑を浮かべる。

「よくお気づきになりました。『順』の字は『じゅわん』から。『三』の字は聖人を示す『さん』から……祖母がつけた名前です。見送りの時に口を滑らせてしまいましたね。勘の良い方たちだと聞いていたのに」

見送りの時――岩下はなにを言っていただろう。ふと、よく通る声が脳裏に蘇った。

（特に聖人にちなんだ名の者は、赤ん坊の時に『御授け』を受けていたと聞いていま

す）

俺は目の前にいる正装の老人を見つめた。

「岩下さんも、洗礼を受けていたんですね」

つまりこの人も信徒の一人ということになる。岩下はうなずいた。

「一応はそうなりますね。わたしは信徒として、これから儀式を行うつもりです。お二人にははっきり話しませんでしたが、わたしの孫は今、感染症で意識不明の重体になっています。とても危険な状態だ。その回復を御神体に祈願しなければならない」

「御神体って……俺たちは本を持っていきましたよ」

もうこの屋敷に御神体はないはずだ。ぐっと押し黙った岩下の代わりに、栞子さんが口を開いた。

「……先ほどの岩下さんのお話は嘘(うそ)です」

「嘘？」

俺は唖然(あぜん)とした。

「最初にお話を伺った時から不自然に思っていました。百八十年前、岩下十吉さんがギュツラフから譲り受けた『約翰福音之傳』が御神体になった……でも、江戸時代のはじめから岩下家はここ小袋谷にあったはずです」

そういえば、岩下家の先祖が「用心深く振る舞っていたおかげで、江戸時代初期にあった小袋谷での弾圧も逃れることができた」とこの人は言っていた。

「だとしたら、その頃からなんらかの御神体が存在したと考えるのが自然です。それはどこに行ったのだろう、と」

栞子さんは物置の中に目を向けた。ラグビーボールほどの細長い石が、西日を浴びて輝いていた。

「あちらに置かれているのが、岩下家に伝わる本物の御神体ですね」

「……そうです。もう隠しても仕方がありませんね」

岩下がため息まじりに言った。

「実はわたしも目にするのは初めてでして。祖母の丸子からは『御神体が御本を守っておられる』としか聞いていませんでした。石仏か板絵だろうと見当はつけていましたが、確信は持てなかった」

大きな石や木の板が目印――本を掘り返した時、岩下はそう声をかけてきた。あの言葉がなければ、俺は本と一緒に埋まっているものにも注意を向けていただろう。そうならないよう誘導されていたわけだ。

「じゃ、あれは石仏なんですか？」

と、俺は尋ねる。

「詳しいことは分かりませんが、さんた丸屋の御姿を摸したんでしょう。近づいてみると女性に見えなくもない」

岩下本人も自信がなさそうだった。栞子さんが説明を補足する。

「……キリシタン信仰で祀られる御神体が、一見そうと分からない姿をしていることは他にも例があります。普段は床下に隠されていることも……ところで、この本ですが」

手にしていた油紙の包みを、岩下に向かって掲げた。

「この『約翰福音之傳』、改訂された跡がありました」

ヨハン子ス　ヒトユヱカヨニダンギヲカタル——車の中で栞子さんはそのことを指摘していた。しかし、改訂されたからなんなんだろう。

「この本は二版なんです。日本に発ったモリソン号がマカオに戻ってきてから、ギュツラフたちが訂正したものでしょう」

俺は出版当時のできごとを思い返した。シンガポールからすべての初版を輸送したが、モリソン号の出航には間に合わなかった。岩下は一部の見本をモリソン号に積めたと主張していたが、それが本当でも時間的にギリギリだったはずだ。もう一度出航前に訂正して、さらに二版を印刷まですることなどできるわけがない。

ギュツラフたちはマカオに戻ってきてから訂正し、二版を印刷したと考えるのが自然だ。つまり、この本を十吉がモリソン号の船上で受け取れるはずはない。別の機会に入手したものということになる。

「十吉がモリソン号でギュツラフに会った、って話も嘘ってことですか」

「そうです」

岩下は観念したように答える。

「そのことも謝らなければなりませんね……騙してしまって、申し訳なかった」

深々と頭を下げる。まるで十吉本人に謝罪されている気分だった。

「十吉が若い頃にモリソン号事件を目撃したのは本当です。しかし、ギュツラフに会ったわけではない。漁をやめて慌てて浜に戻っただけです」

「だったら本当はいつ、この本は岩下十吉さんの手に渡ったんです？」

「明治六年に禁教令が廃止され、キリスト教の信徒になっても咎められなくなりました。五十代になっていた十吉は横浜の教会に通い始め、外国人の宣教師からその本を譲られたんです。数百年もの間、ひそかに信仰を保ち続けた岩下家に宣教師もいたく感動したそうで……」

そこは事実だったわけだ。ところどころに真実が混ざっていたからこそ、嘘だとしても説得力があったのだろう。

「とはいえ、キリシタンの教えは教会の教えと大きく違います。宣教師と交流する過程でそれを知った十吉は、一度はキリシタンの教えを捨てました。けれども、結局は元の信仰を取り戻した……きっかけはなにか分かりますか」

急に俺に向かって質問が飛んでくる。もちろん分からなかった。代わりに栞子さんが答えてくれる。

「丸子さんの事故でしょうか。馬車に轢かれてしまったという……」

「その通りです。丸子が瀕死の重傷を負った時、十吉が頼ったのは岩下家に伝わる御神体でした。教会からは土着化したキリシタンの信仰を捨てるよう諭されましたが、十吉は逆にキリスト教の方を捨てたんです。それでも、神の言葉であるその御本だけは、宝物の一つとして大切にしてきました」

岩下の語りは奇妙な熱を帯びてきていた。

「わたしたち岩下家の人間は、どんなに信仰から離れても最後には御神体におすがりしてきました。祖母の丸子もそうです。二歳だったわたしが赤痢で死にかけた時、一人で礼拝所にこもり、祈禱（きとう）によってわたしの命を救ったんです」

岩下家で洗礼を受けた者は誰でも、一度は御神体に命を救われている――さっきこの人は言っていた。この人自身もそうだったのだ。

「なぜ、最初から本当のことをおっしゃらなかったんですか」

栞子さんは静かに尋ねた。百八十年前ではないにしても、明治時代のはじめから受け継がれてきたとても珍しい聖書の日本語訳だ。十分すぎる価値がある。

「まず本のありかを捜してほしい、などという依頼を受けてもらえるのか、確信が持てなかったからです。だから、なるべくあなた方の興味を惹きそうなエピソードを用意しました。少しでも熱心に取り組んでもらえるように」

確かにこの人は「この国に初めて入ってきた」とか「通説を覆す歴史上の発見」とか、刺激的な言葉を並べていた。俺たちを釣る餌だったわけだ。

「信仰のないふりをする必要はなかったんじゃないですか」

と、俺は言った。この人は隠れキリシタンの教義を否定することばかり言っていた。

「あれはほとんど本音です。実のところ、わたしには神への信仰がよく分からない」

罪を告白するように、岩下は苦しげに答えた。

「キリシタンの教えも他人事のように思える。洗礼を受けているとはいえ、わたしが祖母とともに礼拝に参加していたのは物心つく前です。この家で何百年も執り行われてきた儀式の手順はほとんど失われていて、わたしはオラショ一つ唱えられない。十吉や丸子とは違う……不信心で愚かな人間だ」

　岩下は畳を踏みしめて隣の座敷から物置に入り、一つ一つ襖を閉めていった。周囲の黒い影が濃くなり、土のついた石仏が光の中にくっきりと浮かび上がった。

「けれども幼子を救いたいというわたしの心は、先祖たちとなにも変わるところがない。そのためにはどんなことでもする。天上のでうす様は、御神体を通じてきっと愚かなわたしの祈りをも聞き届けて下さる……不信心はわたしの罪であり、幼子の罪ではないからだ」

　いつのまにか四角い光は衝立の上まで届いている。西日はほぼ真横から礼拝所の奥まで射しこんでいた。岩下家の礼拝が始まる時間だった。江戸時代に建てられた屋敷の中、古い石仏の傍らに羽織袴の老人が佇んでいる。現代の鎌倉の光景にはとても見えない。同じようなことが百年前、二百年前にもあったのかもしれなかった。

「そろそろ祈禱の儀式を始めます。信徒ではない方にはお見せできません……お引き取りください」

　それ以上の会話を拒むように、岩下は頭を下げる。俺たちは縁側を降り、門へ向かって歩き出した。神への信仰がよく分からない、という言葉が胸に重く響いていた。

それについては俺も同感だ。ふと、足が止まる。もう一つだけかける言葉を思い出した。

「あの」

同じように立ち止まり、振り返っていた栞子さんが俺より先に声をかけていた。

「お孫さんが回復されるよう、わたしたちもお祈りしています」

それは俺の伝えたい言葉でもあった。縁側に向いた板戸に手をかけていた岩下が、一瞬こちらを向く。俺たちに向かって微笑みかけると、わずかな隙間を残して板戸を閉めていった。

礼拝所の中には今、光の十字架が生まれているはずだった。

＊

それから数日が過ぎた。

栞子さんは『約翰福音之傳』を査定して、岩下に買い取り額を伝えた。初版ではないとはいえ、やはり相当な高額になった。無事に承諾も得られたので、俺が振込の手続きを取った。振込の報告とお礼を兼ねて、店から岩下に電話をかける。

岩下は終始上機嫌な様子だった。通話が終わった後で時計を見ると、もう正午をかなり回っている。そろそろ栞子さんと交替して、俺も昼食を取る時刻だった。ビブリア古書堂から母屋の居間に戻る。

春の日射しが射しこむ静かな和室で、栞子さんと扉子が俺に背を向けて並んで座っていた。二人ともそれぞれ畳に本を広げ、じっとページを覗きこんでいる。体格はまるで違うのに、一目で親子と分かるほど背中はそっくりだ。

俺が来たことにまったく気付いていなかった。ずっと胸に留めておきたいような、微笑ましい姿だった。しばらく二人の姿を眺めてから「あの」と声をかけた。

栞子さんがぎょっと体を起こして、俺の方を振り返った。

「あっ、大輔くん……」

ちなみに反応したのは栞子さんだけで、扉子は相変わらず本に集中したままだ。今、読んでいるのは筒井頼子作、林明子絵の『とん　ことり』。自分で読むなら小学低学年から、と印刷されているが、扉子は自力で読んでいるように見える。この前、横浜で買ってきた絵本の一冊だ。この本の対象年齢が一番高いが、本人は気に入ってるらしい。

「すみません。そろそろ交替ですよね」

と、本を片付けようとする。栞子さんの方は例の『約翰福音之傳』と日本聖書協会の新共同訳を並べて畳の上に開いていた。

「二冊一緒に読んでたんですか」

「ちょっと今の翻訳と比べてみたくなって……でも、検本も兼ねてます！」

力強く言い訳する。もともと栞子さんは昼休みの時間で、扉子の面倒まで見ている。読書していてもまったく問題はない。来週にでも東京の古書交換会に『約翰福音之傳』を出品して売る予定だから、読む機会は今しかなかった。

「訳としては不正確ですけど、素朴な文章にはやっぱり独特の味わいがありますね。わたしは好きです」

「どこを読んでたんですか」

「……このあたりです」

彼女は『約翰福音之傳』を指で辿りながら、声に出して読み始める。

「……エズスク　人に言うた。『お前たちは　不思議の晴れぬことが　見なんだならば　存じぬ。』天下の侍（サムライ）　人に言うた。『頭人（カシラヒト）、わしの息子　死なぬ前に　下へ降りよ。』エズスク　人に言うた。『行く　お前の息子　助かる。』この人　エズスク言うた。言葉を存じて行（イ）いた……」

朗読してもらうとほぼカタカナの原文よりは多少分かりやすい気がする。聖書に「天下の侍」という言葉が出てくるだけでも驚きだ。

「エズスクは、イエスのことです」

栞子さんが付け加える。

「キリストが誰かを助けようとしてる……って内容ですか」

「そうです。エルサレムからガリラヤに赴いたイエス・キリストが、ある王の役人に懇願されるんです。病に伏した自分の息子を助けてほしいと……」

俺は孫の命を救ってほしいと願った岩下を思い浮かべる。イエス・キリストがいない現代では、その力を宿していると信じられるものにすがるしかない。

「現在の翻訳ではこうなっていますね」

と、栞子さんはもう一冊の聖書を手に取った。

「イエスは役人に、『あなたがたは、しるしや不思議な業を見なければ、決して信じない』と言われた。役人は、『主よ、子供が死なないうちに、おいでください』と言った。イエスは言われた。『帰りなさい。あなたの息子は生きる。』その人は、イエスの言われた言葉を信じて帰って行った……」

「役人の息子は助かるんですか」

「ええ。聖書ではイエス・キリストの起こした奇跡の一つとされています」

しるしや不思議な業を見なければ信じない――そういう不信心な者のためにも、キリスト教の神は時として奇跡を起こすのだ。あるいは岩下も聖書のこのエピソードを知っていたのかもしれない。

「今、岩下さんに振込の連絡をしたんですけど」

と、俺は言った。

「お孫さん、無事に回復したそうですよ。予定よりも早く退院できるかもしれないって言ってました」

岩下の話を信じるなら、危機を脱したのはちょうど日本で儀式が行われた時刻だった。入院費と滞在費に充てるはずだった『約翰福音之傳』の代金も、少し手元に残るかもしれないという。

「よかったですね」

栞子さんが顔をほころばせる。

その子の回復が御神体の起こした奇跡なのか、それともただの偶然なのか、本当のところは分からない。けれども大切な家族のために奇跡を願う人の心は分かる。それは俺の中にもあるものだからだ。

絵本のページを最後までめくり終えて、ふと扉子が顔を上げる。本を抱えたまま立ち上がり、笑いながら俺の方へ歩いてくる。たぶんまた膝の上に乗りたいのだろう。俺は腕を伸ばして娘を抱き上げた。

窓の外では山桜が咲きほこっている。生命の芽吹く春がやって来ていた。

参考文献（敬称略）

『ギュツラフ訳「約翰福音之傳・約翰上中下書」覆刻版』（新教出版社）
『幕末邦訳聖書集成⑰　約翰福音之伝』（ゆまに書房）
『ギュツラフ訳　ヨハネによる福音書』（日本聖書協会）
『新共同訳　新約聖書』（日本聖書協会）
『新共同訳　旧約聖書』（日本聖書協会）
都田恒太郎『ギュツラフとその周辺』（教文館）
八木谷涼子『キリスト教の歳時記　知っておきたい教会の文化』（講談社学術文庫）
山形孝夫『読む聖書事典』（ちくま学芸文庫）
中城忠『かくれキリシタンの聖画』（小学館）
川島恂二『関東平野の隠れキリシタン』（さきたま出版会）
宮崎賢太郎『カクレキリシタン』（長崎新聞新書）
宮崎賢太郎『カクレキリシタンの実像』（吉川弘文館）
大橋幸泰『潜伏キリシタン　江戸時代の禁教政策と民衆』（講談社学術文庫）
宮本久雄『隠れキリシタンの里・長崎県生月元触部落の「お移りの儀式」』（22世紀ア

ート）

広野真嗣『消された信仰　「最後のかくれキリシタン」——長崎・生月島の人々』（小学館文庫）

下町和菓子　栗丸堂　～神様団子～

似鳥航一

「下町和菓子　栗丸堂」シリーズ紹介

似鳥航一

イラスト／わみず　メディアワークス文庫

下町の和菓子はあったかい。泣いて笑って、にぎやかなひとときをどうぞ。

浅草の一角で、町並みに溶け込むかのように佇む栗丸堂。若い主人は最近店を継いだばかりらしく、栗田仁という。精悍にすぎる容貌で、どこか危なっかしいが腕は確か。

店を応援しようと顔馴染みが紹介したのが、和菓子のお嬢様こと葵だった。可憐な容姿だが、怪しすぎる通り名に警戒する栗田。出会いはいまいちだったが、彼女との出会いが栗田の和菓子を大きく変えることになる。

思いもよらぬ珍客も訪れるこの店では、いつも何かが起こる。和菓子がもたらす、今日の騒動は？

《お待ちしてます編》
全5巻発売中

《いらっしゃいませ編》
全7巻発売中

江戸の町で賑やかな場所といえば両国と上野。そして浅草だ。

とくに浅草、浅草寺の裏手は奥山と呼ばれ、江戸一の盛り場と言っても過言ではなかった。

芝居小屋や見世物小屋や水茶屋が並び、それから独楽回しに猿回し、水芸、軽業、辻講釈などの大道芸人が各地から集まる。

まさに一日中遊べる憩いの場。奥山はいつも庶民であふれていた。

「しかし江戸ってのは怖ぇところだ。遊び場が多すぎる。いくら金があっても足りやしねえよ。なあ梅吉？」

「そうだな三太。おいら、もうすっかり一文無しだ。腹減ったなあ」

さて、いかにも世間知らずというふうに左右をきょろきょろしながら歩いているのは三太と梅吉。無鉄砲な雰囲気の二人組である。

「腹は減れども金はなし……か。はるばる江戸見物に来て飢え死にするなんて笑い話にもならねえ。こうなりゃヤケだ。おい梅吉、あそこにお地蔵さんがあるだろ？」

「あるな。ん？　三太、おめえまさか」

「そのまさかさ。お供えのあの団子をいただこう」

「三太、この罰当たりの馬鹿野郎っ！　と言いてえところだが、おいら腹が減って死にそうだ。食べよう食べよう」

三太と梅吉が地蔵に近づき、お供えの団子をひょいとつまみあげたときである。

どこからか不気味な音が流れ始めた。なんの音だろう？

確かめる暇もなく、突然なにかが猛然と足元を叩(たた)く。予想もしない事態にふたりは驚愕(きょうがく)した。

いや、下だけではない。上からも不穏な気配がする。

はっと息を呑(の)んだ瞬間、それはすさまじい勢いで落ちてきた。

途轍(とてつ)もなく大きくて白い入道雲のような姿。

巨人だ。

三太と梅吉の前に現れたのは白い巨人だった。なんたることか、その巨人は唐突に頭上から降ってきたのである。ふたりは度肝を抜かれて、ただ震えるばかり。

そして長い時が流れた——。

＊　＊　＊

手首を返してフライパンを振るたびに黒い粒がぱらぱらと弾む。

ごまを炒っているところだ。

「そろそろいいな」

栗田仁は火を止めると、炒った黒ごまをフライパンからすり鉢に移した。そこに、すりこぎを押しつけて回すと、ぷちぷちと快い音がする。

香ばしい、いい匂いがした。

こうして潰し続けると油分が滲み出て、やがてペースト状の練りごまになる。

使い道は様々だ。まずはあれに使い、次にあれを——と構想しながら栗田は丁寧にすりこぎを動かす。

ここは東京、浅草に佇む老舗和菓子屋、栗丸堂。

その菓子作りの作業場だった。

中央にステンレスの作業台があり、壁際には流し台と業務用の餅つき機。棚には使い込んだ木ベラや菓子木型などの道具が並んでいる。

それらに囲まれて今、黒ごまをすり潰している栗田は、この栗丸堂の四代目店主。生まれも育ちも浅草だ。眼光の鋭い黒髪の青年で、白衣と和帽子を身につけている。

昔は売られた喧嘩を必ず買っていたから不良少年と呼ばれていた。今でも顔が怖いと時々言われる。でも性格は決して怖くない。ぶっきらぼうだが、義理人情に厚く、誰かが困っていたら見て見ぬふりのできない江戸っ子気質である。

先日も馴染みの業者が黒ごまの発注ミスで困っていると聞き、必要以上に大量に仕入れてしまった。自分の中の義俠心をごまかせなかったんですね、ごまだけに——とある人に言われてしまったくらいだ。

ともかく現在、練りごまをせっせと作っているのはそれが理由である。

「ところで栗さん、なんに使うんです？　その練りごま」

同僚の中之条が声をかけてきた。

彼は昔からここで働いている弟分の和菓子職人である。

「ごまドレッシングでも作るんですか、夕飯用に。確かにあれはいろんなおかずに合いますからね。今夜のおかずはなんです？」

「なんで晩飯の仕込みをここでするんだよ。和菓子に使うに決まってんだろ」

「そうなんですか？」

中之条がきょとんとするが、気持ちは一応わからなくもない。

栗丸堂では様々な和菓子を扱っている。看板商品は豊潤な小豆餡がずしりと入った豆大福。他に豆餅、団子、どら焼き、最中、栗蒸し羊羹、饅頭。それから練り切りなどの上生菓子、季節の和菓子、干菓子と多岐にわたるが、ごまを使ったものは少ない。練りごまとなると皆無だった。

「俺はこれでも店の大黒柱だからな。売上拡大のために日々考えてるんだよ。新商品のいろんなアイデアをいつも頭の中でこね回してんの」

「ははあ。ごまを使った新作の和菓子ですか」

「構想はしてても実際に作ったことはなかったからな。仕入れすぎたこの機会にやってみようと思って」

「さすが栗さん、転んでもただでは起きない」

「だろ？　いや、別に転んではねえから」

　ふたりは駄弁を交わしつつ、それぞれの作業を続ける。

　栗丸堂の職人の仕事は薄暗い早朝から始まる。最初に作るのは朝生菓子。これは豆大福や餅菓子といった日持ちのしない菓子のことで、店の主力商品だ。そしてその日に作った朝生菓子を店頭に並べ終えると、とりあえず一呼吸入れられる。

　現在の時刻は九時を少し回ったところ。外は明るく店も既に開き、ショーケースには新鮮な和菓子がずらりと並んでいる。五時近くから働いていた栗田たちにとって、今はそこそこ余裕のある時間帯なのだった。

　ややあって、完成した練りごまを栗田は保存用の瓶に入れた。

新商品の試作はここからが本番。

とはいえ、次の段階に進む前に少し気分転換がしたい。店の様子を見てこよう。

作業場の暖簾をくぐって栗田が店内に足を踏み入れると、残念ながら客の姿はなかった。イートインスペースも空席で、がらんとしている。

「なんだよ、珍しいな……。お客さん、今日はみんな寝坊してんのかな」

誰にともなく栗田が呟くと、ショーケースの横で赤木志保が口を開いた。

「あんたにとっちゃ遅い時間だろうけど、平日の午前中だ。たまにはこんな日もあるさね」

志保は販売と接客を担当している年上の女性店員。栗田と同じ浅草生まれだから、態度はざっくばらんである。

栗田は壁のカレンダーに目をやった。

「大安なんだけどな、今日」

「普段そんなの気にしたことないだろ？　おっ、そんなことより見な。あの人、お客さんじゃないかい？」

志保の視線の方向に目をやると、店の入口のガラスを隔てて青年の姿が見えた。観光客だろうか。膨らんだリュックサックを背負って手にレジ袋を持っている。

　青年は街路樹と植え込みのそばで右往左往しながら栗丸堂を眺め、入店するかどうか迷っているように見えた。

　軽い気分で立ち寄ってほしい。店の和菓子を眺めていれば、そのうち食べたくなること間違いなしなのだからと栗田は思う。

　来い来い、来てくれ——と念じていると青年は意外な行動に出た。スマートフォンを取り出して画面を指先でつつき始める。

「ん？　あれってもしかして」

「ああ、たぶんそうだろうねぇ。検索してこの店の評価を調べてんだろ」

「まいったな」

　栗田は渋い顔になる。

　栗丸堂は地元の人に人気の店だ。既にわかっていることを彼らはわざわざネットに書かない。

「うちの店って最近どんな感じなんだ？」

　落ち着かない気分になってきた栗田は自分のスマートフォンを取り出して調べた。

　結果はすぐに画面に表示される。志保が近づいてきてそれを覗き込んだ。

「なんだい、結構いいじゃないか」

志保の感想に栗田はうなずいた。

「だな。悪くない」

心配は杞憂で、店はおおむね好評価だった。これならあの青年も安心して入れるだろう。よかった——と吐息をついて外に視線を移した栗田はぎょっとする。

「えっ！」

なんと青年が店の前の路上にうつ伏せで寝そべっていた。

なんだ？　眠っている？

まさかそんなはずもない。倒れているのだろう。ほんの少し前まで元気そうだったのに彼はぴくりとも動かなかった。

束の間、目を離した隙になにが起きたのか？

わからないが、栗田は店の外へ飛び出す。

「大丈夫ですか！」

栗田が駆け寄ると、青年の目は半分ほど開いていたが、焦点が定まらなかった。

意識がはっきりしないらしい。でも唇をわずかに動かしている。

「どうしたんです？　なにが起きたんですか？」

栗田は倒れている青年の口に耳を近づけた。

しかし結果は芳しくない。なにか小声で呟いてはいるが、うわごとじみた不明瞭な言葉しか聞き取れなかった。

「こいつはえらいことになったな」

追いついてきた志保の言葉に栗田はうなずく。

「ああ。客どころの騒ぎじゃねえ。救急車呼んだ方がいいと思うか？」

「どうだろうね。意識はあるんだから少し様子を見たら？　なんかぶつぶつ言ってるのも気になるし」

「ん。ともかくここに寝かせちゃおけねえ。中に運ぶから志保さん、荷物頼む」

「あいよ」

栗田は青年のリュックサックを志保に渡すと、彼の体を両腕で持ち上げた。

結構重いが、腕力が強い栗田はそのまま彼を抱きかかえて店へと歩き始める。

そのとき、ふと不思議な言葉が耳に入った。

「――ゴッド」

「え？」

栗田はぎょっとして腕の中の青年を見直す。

口をもごもご動かして、彼は何事かを伝えようとしているように見えた。

「ゴッド……オブ――。神……団子」

続いてそんな言葉が聞き取れたが、どう解釈していいのかわからない。

ゴッド・オブ？　団子だって？

栗田は困惑顔で青年を店内へ運び入れた。

＊

「いやもう、本当にご迷惑をかけてしまって申し訳ありません。なんとお礼を言えばいいのか。ありがとうございました」

恐縮気味に彼がごく真っ当なお礼を言った。

あれから店内に運んで寝かせていると彼はまもなく正常な意識を取り戻した。突然がばりと身を起こした彼の動作はきびきび、瞳はきらきら。すっかり元気になっていた。今は申し訳なさそうにしつつも落ち着きなく店内を眺めている。

だがひとつ困った問題が持ち上がっていた。

栗田は無造作に頭を掻いて口を開く。

「や、お礼とかは別にいいんですけど、これからどうするんです？　全然覚えてないんですよね？　行き先とかも」

「ええ、恥ずかしながら。覚えているのは自分の名前だけです。工藤秀和（くどうひでかず）」

彼が力なくうなだれる。

元気になった青年、工藤は名前以外のあらゆることを思い出せなくなっていたのだった。

どうも前のめりに倒れて頭を打ったらしい。

というのも、改めて観察すると両手に地面でこすった傷があり、これは倒れる寸前、咄嗟（とっさ）に身を守ろうとしたためだろう。そしてその際、勢いを殺しきれずに地面にぶつけたらしく、おでこにも少し痕跡があった。だから記憶が飛んでいるに違いない。

栗田は病院に行くように提案したが、大丈夫です、今はまだいいと拒否されたため、とりあえず本人の意向を尊重している。

しかし工藤はなぜ倒れる羽目になったのか。

転んだ？　いや、店の前に足をすべらせるような場所はない。そもそも彼は立ち止まってスマートフォンを眺めていた。

では貧血？　体調不良？　いや、その可能性も低い。彼はいたって元気だという。

栗田が外へ飛び出した際、近くには誰もいなかったから乱暴者に突き飛ばされたわけでもない――。となると原因不明だ。今のところ見当もつかなかった。

それにしても、と栗田は腕組みする。

工藤秀和はどこから来た何者なのだろう?

見た感じ、年は二十歳前後で栗田と同じくらいだ。髪を肩まで伸ばしていて繊細そうな顔立ち。体は中肉中背で、襟の折り返しがない白いシャツと黒のスキニーパンツを身につけている。

今日は平日だから会社勤めではないと思う。テレワークかもしれないが。

「惜しいな……。工藤さんのスマホが生体認証のやつなら、中を見て今ごろ大抵のことがわかってたんだけど」

ひとりごちた栗田に工藤がおずおずと頭を下げる。

「すみません、パスワード式で」

「や、別に謝ることじゃないです。むしろパスワードの方が安全だなって今実感してます。顔とか指紋の認証って極論、本人の同意がなくてもできるので」

「確かに。あまり状況を想像したくはないですけど」

工藤のスマートフォンは六桁のパスワードでロックされていて、もちろん彼は番号を思い出せなかった。個人情報の塊が目の前にあるのに手も足も出ない状態である。

まあいいけど、と栗田は軽くあごを掻く。

「それじゃ工藤さん、リュックサックの中を確認してくれませんか？　あとはもう、そこしか探すところがないんで」

既に服のポケットなどは調べ終わっていた。

といっても見つかったのは家の鍵と財布だけ。財布には少額の現金のみで、カードや身分証明書の類は入っていなかった。最近多いパターンだ。工藤は主にスマートフォンの電子決済や身分証アプリを使っているらしい。

「確かにこのリュック、膨らんでぱんぱんですもんね。詰め込まれてる。もちろん僕が詰めたんでしょうけど、なにが入ってるのか……」

工藤がリュックサックのファスナーを慎重に開けていった。

やがて丸めた上着が勢いよくはみ出す。

どうやら脱いだあと、きちんと畳まずにリュックサックに突っ込んだらしい。その下にも様々な服やタオルが無造作に入っていた。

「わあ、だらしない詰め方！　僕が詰めたんでしょうけど」

「僕が詰めた件、めっちゃアピールしますね」

服には半袖と長袖、おまけに七分丈まである。

「ん。これだけ沢山持ち歩くってことは」

栗田が呟いた直後、工藤が「あ、底の方にも色々と」と口走った。

大量の服の下から見つかったそれを工藤は順番に取り出していく。

ヘアブラシに整髪料に洗顔フォーム。折りたたみ傘とレインコート。あとはひげ剃りと日焼け止めとポケットティッシュ。それから着替え用の下着。

そしてきっと生命線であろうスマートフォンを充電するためのモバイルバッテリーが一番底に入っていた。

案の定だなと栗田は思う。

「やっぱ旅行客だったみたいですね、工藤さん。服の種類から察するに浅草の気温が体感的にわからない遠くから来たんでしょう。今の季節は秋だし、寒暖差に備えるためかもしれない。交通機関の券が見当たらないけど、まあ今はスマホのｅチケットで新幹線も飛行機も乗れるし。――で、なにか思い出しました？」

「いやあ」

工藤が途方に暮れた顔をした。

「参ったな……。確かに僕は地方から来た旅行者みたいです。それは納得したんですけど、やっぱりなにも思い出せません」

「マジですか」

「まさか旅先でこんなことになるなんて……。どうしよう。本当に困りました」

状況を認識したことで怖くなってきたのか、工藤が青ざめて身を縮こまらせる。

気の毒に、と栗田は心を痛めた。

もしも自分が知らない土地で記憶を失ったら、なにをどうするだろう。ひとりで切り抜けられるだろうか。たぶん相当難しい。助けてやりてえとシンプルに思った。

そこに志保が明るく割って入る。

「まあまあ心配しなさんな！　今はちょっと混乱してるだけさね。こういうときこそ気を楽に持って、でーんと構えてなよ。リラックスしてればすぐに思い出すさ」

「ん、確かに平常心は大事だ。志保さん、いいこと言うじゃねえか」

栗田が感心すると志保は得意げに続ける。

「旅は道連れ、世は情けってね。遠慮なんかすることないんだよ。行き先を思い出すまで、のんびりしていけばいいんだ。こんな倒壊寸前のあばら屋でよければね」

「……いいこと言ったけど悪いことも言った！　ここはあばら屋じゃねえし、決して倒壊寸前でもねえから。いい台詞（せりふ）のあとにさりげなく虚偽の情報入れんの、やめてくんない？　工藤さんが自然に受け入れちゃうだろ」

するとと工藤がぷっと噴き出す。

「いやあ、さすがに今のは冗談だってわかりましたよ。僕を励ましてくれたんですよね？　お気づかいありがとうございます。少し元気が出ました」

工藤が頬を緩めたので栗田は吐息をついた。

「だったらいいんですけど。それはそうと工藤さんに質問があるんです。団子の神様ってなんですか？」

「はい？」

工藤がぽかんとした。

「栗田さん、今なんて？」

「その反応、一応予想してました。でもこれ、他ならぬ工藤さんが言ってたんですよ。倒れたあなたを運んでるとき確かに口にしたんです。ゴッドって」

「ゴッド」

「まあ全部は聞き取れなかったんですけどね。こんな感じでした」

栗田は状況を思い出し、可能な限り工藤に似せて再現してみせる。

『ゴッド……オブ――。神……団子』

そんな言葉が耳に入ったんです、と栗田は言った。

案の定というべきか、工藤はすっかり困惑の表情だ。

「うーん、ごめんなさい。全然心当たりがないです。ゴッド・オブ……神の団子なんて聞いたこともないな。とくに団子が好物ってわけでもないし。ほんとに僕がそんなこと口走ったんですか、栗田さん？」

「言いました」

決して無意味なうめき声ではない。断片的ではあったが、言葉として聞き取れた。なにか意味があったのだと栗田は確信している。

「正直、俺はそれが工藤さんの行き先と関係があるように思うんです。意識朦朧としていたからこそ、行かなきゃいけないって強い気持ちが口をついて出たみたいな」

「つまり僕は団子の神様のところへ向かっていた？」

「まあ例えばの話ですけど——そんな仇名の友達とかいません？」

「いえ、ちょっと思い出せないです」

「そういう異名を持つ偉い人に会いに行くところだったとか」

「すみません、それもわからないです」

「だったら神社に興味は？　寺でも構いませんけど」

「うーん……。どうも僕は不信心者みたいだ。好奇心をそそられません」

「そうですか」

参ったな、と栗田は思わず天を仰いだ。

じつのところ今のは本命の打開策だった。そこから足りない情報を徐々に引き出せると踏んでいたのだが、結果はあえなく空振り三振。他に有効な手立ては思い浮かばなかった。考えるためにはもう少し材料が必要だが、手に入れる方法がない。

こんなときにあの人がいれば、と栗田は眉間を押さえる。

謎解きが得意な人物には心当たりがあるのだった。

だが残念なことに今は外出している。いつ戻るかはまちまちだし、スマートフォンを持っていないから連絡も取れない。

「ちなみに団子の神様の神社というのがあるんですか？」

気落ちする栗田を見かねたかのように工藤が尋ねた。

「ありません」

「あら？」

「や、お菓子の神様自体は存在するんですけどね。田道間守(たじまもり)といって、垂仁天皇(すいにんてんのう)に命じられて常世の国に非時香菓(ときじくのかくのこのみ)を探しに行った方です。非時香菓は橘(たちばな)のこと。ミカンみたいな柑橘類(かんきつるい)です。お菓子って昔は果物のことだったんですよ」

「へえ、そうなんですね」

「で、橘を無事に持ち帰った田道間守はお菓子の神様として祀られるんですけど、残念ながら浅草にはその神社がないんで」

栗田はため息をついて続ける。

「それに田道間守はあくまでもお菓子の神様で、とくにゴッド・オブ・団子ではないです。あえて言うならゴッド・オブ・ワガシかなと」

団子の神様という名の和菓子屋でもあれば話は早いんだが、と栗田は思う。

だが現在の浅草にそんな店舗はない。あったら栗田は必ず把握している。言葉の謎をひもとく試みは残念ながら完全に暗礁に乗りあげてしまった。

そのとき、ふいに工藤のお腹がぐうっと鳴る。

「あ……。お恥ずかしい」

「お腹が空いてるんですか、工藤さん？」

「なんかそうみたいです。今日は朝食を摂らなかったのかな？　わりと空腹感がありますね、今さらですけど」

「ふうん？」

そういえば工藤が最初この店に入るかどうか迷っていたように見えたことを栗田は

思い出した。団子の神様は案外この栗丸堂と関係があるのかもしれない。

いや待て。

ふと思ったが、じつはそれは俺のことなんじゃないか？

俺がゴッド・オブ・団子なのでは？

あまりにも斬新な閃きに栗田は思わず興奮した。ひとつ咳払いして渋い顔を作る。

「――お腹が空いているならせっかくだ。俺が作った団子をご馳走しますよ」

「ほんとですかっ？　なんか栗田さん……急にかっこよくなってません？」

「もしかしたら俺、今まで自分の正体に気づいてなかったのかもしれません。思えば団子作りも相当得意なんです。一番自信があるのは餡団子ですけど、他のも全然いけます。醤油団子に、よもぎ団子に、みたらし団子に――」

「みたらし？」

ふいに工藤の眉がぴくっと動く。

「どうかしました？」

「……いえ、なんでもないです。一瞬なにか頭に引っかかった気がしたんですけど、駄目でした。でも確かに団子、食べたいです。程よくお腹が膨れたら記憶も戻るかもしれませんし」

「了解です」

ならば今の反応も考慮して、みたらし団子も用意しよう。実際に食べれば心の化学反応が起きて記憶が甦るかもしれない。栗田は身を翻して歩き始める。

そのときだった。店の入口のガラスの向こうを小さな黒い影がよぎった気がする。人――？　それともカラスだろうか？

栗田は素早く向き直ったが、なにもない。ガラスを隔てた先には普段と変わらない浅草オレンジ通りの風景が広がっているだけ。どうやら目の錯覚だったようだ。

気持ちが昂ぶりすぎているのか。ゴッド・オブ・団子ともあろう者が――と思いながら栗田は深呼吸して作業場へ向かった。

＊

「それで、その工藤さんって人に団子をご馳走することになっちゃったんですね？ほんと、栗さんは人が好いんだから。見た目はいかついのに」

「誰がヤクザだ！　って、そこまでは言ってねえか……」

栗田は静かにかぶりを振る。

栗丸堂の作業場で、栗田と中之条は団子を用意していた。

丸い団子を四個ずつ串に刺したものを既に仕込んであったから、今は必要な分だけを網の上に並べて焼いている。

「仕方ねえだろ。少し気分が盛り上がりすぎたんだよ。そういう日もあるだろ」

仏頂面で言い訳する栗田は今やすっかり平常心に戻っていた。

冷静に考えると自分が団子の神様のはずがない。完全にどうかしていたと思いながら栗田は手際よく串団子を炙る。こうして軽く焼くことで美味しさが引き立つのだ。

団子の表面にちりちりと香ばしそうな焦げ目がついていく。

妙な音がしたのは、炙り終わった団子にタレをからめようとしていたときだった。

作業場の奥の勝手口のドアノブが唐突にがちゃりと鳴る。

栗田は咄嗟に顔を向けて勝手口をじっと見た。

だが音はそれきりで、ドアが開く気配もない。

勝手口から出入りするのは店の従業員だけ。客はみんな正面の入口を使う。だったらなんだろう。まさかとは思うが、空き巣かなにかがこの店を探っているのか？

「中之条。今の音が聞こえたか？」

「音ってなんの音です？」

中之条には聞こえなかったらしい。

「勝手口の方から物音がした。俺は手が離せないから、ちょっと見てきてくれ。泥棒ならぶん殴ってKOしといてくれ」

「泥棒……？　はは、ご冗談を。ここには盗むものなんて和菓子しかないでしょう。空耳ですよ。まあ行きますけども」

中之条は気楽そうに奥へ向かい、勝手口を開いて外へ出ていった。

栗田だけが残された作業場は急に静かになる。

「……俺もそうは思うんだけどな。万が一ってこともある」

みたらしのタレに入れた串団子をくるくる回転させながら栗田は考える。

これでも店の責任者だ。人を疑うのは嫌いだが、経験は積んでいる。ふとした拍子に、あまり考えたくない着想が湧いたのだった。

工藤が二人組の泥棒――もしくは片棒を担いでいるという可能性だ。

じつのところ工藤に記憶がないというのは自己申告にすぎず、ここで客観的に確認する手段はない。

もしも彼の話がすべて嘘だと仮定すると様々な悪事が考えられる。

例えば陽動だ。突拍子もない話によって栗田たちを釘付けにする。そうやって一方が注目を集めている隙に、もう一方が裏から屋内に忍び込む。

ひとりで行う窃盗より成功率は高そうだ。仮に実行犯が捕まっても工藤自身は無関係を装える。

栗田は少し前の出来事を思い返した。

「……店の入口のガラスのところでも妙な影を見た気がするからな」

その件がなければ、こんな発想には至らなかっただろう。

だがあれが目の錯覚でなかったとしたら、つながるのだ。今度は正面からではなく裏の勝手口から様子を探っているのかもしれない。

そんなことを考えていると中之条が戻ってきた。

「勝手口の外、見てきましたよ。やっぱり誰もいませんでした」

「お、そっか」

栗田は目をぱちぱちして息を吐いた。「ご苦労さん」

「いえいえ、お安い御用です」

やはり心配のしすぎだったらしい。それもそうか。

思い返せば工藤の困り果てた態度には実感がこもっていた。あれは間違いなく本物だ。そんな苦境の人間を疑うだなんてどうかしている。

申し訳ない工藤さん、と反省しながら栗田はてきぱきと仕事を進めていった。

「ん。これで完成。じゃあ作りたてを食べてもらうか」

「それが一番美味しいですからね。行ってらっしゃーい」

中之条に作業場をまかせ、栗田は店のイートインスペースへ向かう。

「お待たせしました」

「わあ、これはすごい！」

志保に付き添われてテーブルで待っていた工藤が目を輝かせた。

栗田が持参したのは三本の串団子だ。

「餡団子と醤油団子とみたらし団子です。工藤さんはみたらし団子が好きなんでしたっけ？」

「どうだろう。わからないけど、すごく心惹かれます。香ばしそうな団子の焼き目。その上を覆う甘辛そうなみたらしのタレが、とろーり美味しそうに光ってる……！」

「どうぞ遠慮なく食べてください」

「ほんと、ありがたいなあ。ではいただきます！」

工藤はみたらし団子の串をつまむと先端の一個をぱくっと口に入れた。

刹那、大きく目を見開き、そのまま頬をもむもむと動かす。

やがて飲み込むと、ぱあっと笑顔の花が咲いた。

「美味しーい！」

「ん」

「これすごく美味しいです、栗田さん！　ほっぺが落ちそうな甘辛いタレ！　それをたっぷりからめた、かりっと表面が香ばしい団子！　しかも中は柔らかくて、もちもちじゃないですか。いやもう絶品ですっ」

猫のように目を細めて工藤は団子をほおばる。

口に合い、そして空腹だったこともあるのだろう。あっという間にみたらし団子をたいらげた彼は、今度は右手に餡団子、左手に醤油団子を持って交互に食べ始めた。二刀流だ。餡の甘味と醤油の塩味がお互いの魅力を引き立てる。この美味しさは誰にも止められない。

「うーん……幸せっ！」

工藤はほくほくした極上の笑顔である。

喜んでくれてよかった――。それは紛れもない栗田の本音だった。

しかし頭の片隅では、見込みが外れたかな、とも感じていた。

というのも、いくら食べても工藤の記憶が甦る気配はなかったからだ。ひたすら団子を満喫しているだけに見える。

案の定、すべて食べ終わった工藤は、ほうっと満足そうな声を洩らすと、貝のように口を閉じて押し黙った。

その顔は幸福感を漂わせつつも、どこか後ろめたそう。

「工藤さん？」

「すみません……こんなに美味しい団子をご馳走になったのに。僕は自分が不甲斐ないです」

やっぱりなにも思い出せません、と工藤は情けなさそうに続けた。

「自分でも期待してたんです。食べたらなにかわかるのかなって。でも駄目でした。素晴らしい団子だったのは確かです。それは絶対に間違いないんですけど、単に僕がいい思いをしただけなんです」

懸念した通りの結果だったかと栗田は思う。工藤がしょんぼりと頭を下げた。

「申し訳ありません、栗田さん」

「や、顔を上げてください。別に悪いことしたわけじゃないでしょう。これはただ俺がやりたくてやったことですから」

とは言ったものの、不完全燃焼な思いはどうしても拭えなかった。

率直に残念だ。工藤を助けることができなかったこともそうだし、団子の神様というあの言葉は結局なんだったのだろう？　みたらし団子にも意味はなかったのか？

もやもやするが、万策尽きた。もう打つ手を思いつかない。最後に自分にできるのは記憶のない彼を警察なり病院なりに案内することだけ。

「……くそっ」

悔しいな、と切に思う。

力不足が身に染みて栗田は顔をしかめた。

状況にそぐわない素っ頓狂な声がしたのは、そんなときだった。

「やー、どうしたんですか栗田さん。この世の不条理に打ちひしがれて夕陽の海を見つめる青少年のような声を出して。そんなにわたしの帰りが待ち遠しかったんでしょうか。気持ちはよくわかりますけど、会えない時間が愛を育てるとも言いますよー」

軽やかに微笑んで店に入ってきたのは葵だった。

結婚したばかりの栗田の妻——旧姓名、鳳城葵である。

＊

「葵さん！」

栗田は反射的に葵へ駆け寄ると、こらえきれない心の叫びを口にする。

「俺を栗田呼びするのは、そろそろやめてくれ……！　いつも言ってるじゃねえか。葵さんだって今は栗田さんなんだから。栗田葵さんなんだから！」

「やー、そういえばそうでしたねー。つい、いつもの癖で」

葵が照れ笑いして長い黒髪を後ろに流す。

彼女は透明感のある優しそうな雰囲気の美人で、つい先日、栗田と結婚した自慢の伴侶だ。

もともとは赤坂鳳凰堂という巨大和菓子メーカーの社長の娘で、製菓に関する卓越した知識と感性を持っている。それを活かして和菓子がらみのどんなトラブルも鮮やかに解決してきた、通称〝和菓子のお嬢様〟なのだ。

今はこの家で栗田と暮らしているから、いつか〝和菓子の奥方様〟に変わる日が来るのかもしれないが。

ちなみに最近の葵は栗丸堂の二号店を出す野望に燃えていて、よく浅草の土地をあちこち視察して回っている。

今日はわりと早く帰ってきたが、きっと小腹が空いたのだろう。

葵は外で食べるおやつより栗田が作った和菓子を好む。早めに帰宅した日は大抵、普通の客を装って入店し、イートインで豆大福をしれっと食べているのだった。

「まあ細かいことはいいんだけど」

栗田は鼻を指で掻いて続けた。

「他人行儀な呼び方じゃなくてさ。とにかく俺のことは仁。そう呼んでくれ」

「わかりました、仁さん」

「ん」

栗田は少し赤くなって、ぶっきらぼうにうなずく。

「では、わたしのことは女豹(めひょう)。そう呼んでください」

「へっ……？　や、それはやめとかねえ？　葵さんは葵さんのままでいいだろ」

「そうですか？」

「そうそう。優劣とは関係なく、人には合うものと合わないものがあるからな。さておき、葵さんに見解を聞きたいことがあるんだが――」

栗田は今までの出来事を包み隠さず、すべて話して聞かせた。

長い話を聞き終わった葵は「ははー、言われてみればさっき……」と呟くと腕組みして無言でなにやら考え始める。

「あの、この方は？」

工藤が小声で栗田に尋ねた。

「俺の妻です」

「あ、やっぱりそうなんですね！　いえ、もしかしたら冗談なのかなと思って。面白いやりとりでしたから」

傍からはそう見えたらしい。

「冗談じゃないです。マジの大マジです」

栗田と工藤がたわいもない話をしていると、やがて葵がこくりとうなずく。

「うん、方針決めました。今回はごほうび作戦で行きます。それでは仁さん、ちょっと美味しいお団子を一本持ってきてくれませんか？」

「団子……？　唐突だな。葵さん腹が減ってるのか？」

「やー、わたしはそんなにいつもお腹を空かせてる大食家じゃないですよー。あとで九本くらい食べれば充分です」

葵が無邪気な笑顔で主張するので、そういうことにしておく。栗田は奥の作業場へ戻ると餡団子を皿に一本載せて持ってきた。

「これでいいのか？」

「はい、ありがとうございます」

葵は受け取った団子の皿を大事そうに両手で持ち、身を翻して外へ向かった。

なんだなんだと戸惑いながら栗田と工藤もあとを追う。

店の外に出た葵はオレンジ通りを見渡すと、澄んだ声をほわほわと張り上げた。

「誰かさーん。見知らぬどこかの誰かさーん。言いたいことがあるなら出てきてください。わたしが取りなしますから大丈夫。今なら洩れなく美味しいお団子をご馳走しますよー」

そう言って葵が団子の皿を高く掲げる。

栗田には葵の行動の意味がさっぱりわからなかった。完全に意味不明だ。隣の工藤も栗田と同じように呆然（ぼうぜん）と立ち尽くすのみである。

しかしまもなく変化が起きた。

近くの斜向（はすむ）かいの角から、そろりと姿を現した者がいる。

小学校の三、四年生というところか。黒のパーカーを着た小柄な男子で、サッカーボールを右手に抱えている。そういえば近くの小学校が今日は創立記念日で休みだったことを栗田は思い出した。

黒いパーカーの子供がためらいがちに葵に近づいてくる。

「あ、あの……」

「はい、まずはお団子をどうぞ。勇気を出したごほうびです」

葵が餡団子を渡すと、彼は受け取って先端の一個をはむっと食べた。

「わっ、美味しい！」

「よかったですねー。全部食べ終わったら荷物の場所も教えてくださいねー」

葵の不思議な言動に反応する余裕もなく、彼は夢中で餡団子をほおばる。

栗田はすっかり当惑して葵に歩み寄った。

「わけがわかんねえ……。突然出てきたけど、この子、誰なんだ？」

「工藤さんの記憶が飛ぶ原因を作った子です」

「なにっ？」

栗田が驚愕すると、葵は団子を食べている男子に顔を近づける。

「お名前は？」

「大野(おおの)誠(まこと)」

「誠くん。あなたはサッカーボールを人にぶつけたでしょう？」

すると彼は団子を飲み込み、「うぐぅ……ごめんなさい」と言って続ける。

「あてる気なんてなかったんだ。ただ、練習に行く途中、新しい必殺シュートを思いついて」

「今、サッカーに夢中なんですね。どんな技を閃いたんですか？」

「わざとゴールポストにあてて跳ね返ってきたボールを蹴るシュート」

「はあ」

「かっこいいでしょ？　早速、試しに近くの壁めがけて蹴ってみたんだけど……」

ゴールポスト代わりの壁に当たって戻ってきたボールを蹴るつもりだった。思いついたアイデアに興奮して後先をまったく考えていなかったのだ。

しかも力んでいたからボールの右下部分を蹴ってしまう。

結果的に斜め回転がかかった。

ボールは見当違いの方向へ飛んでいき、工藤の後頭部に当たる。

工藤にとっては青天の霹靂だ。予想もしない後方からの衝撃で足がもつれ、前のめりに倒れた。自分の身になにが起きたのかもわからなかっただろう。

ボールは今度は道路の方へと転がっていき、慌ててそれを追いかけたのだと幼きサッカー少年は語ったのだった。

「……お前のせいだったのか」

栗田は誠少年をぎろりと睨みつけた。

「わあっ、ごめんなさい！」

　誠少年が半泣きで地面に膝をつく。

「殺さないで！　どうか殺さないでください！　助けてパパ、ママーッ！」

「や、誰も殺すとは言ってねえから……。謝る相手も俺じゃなくて工藤さんだから。でも――改めて考えると妙だな。なんで葵さんにはこれがわかったんだ？」

「帰ってくるとき店の前で一瞬、人影を見ましたから。わたしの気配を察したのか、すぐ逃げちゃいましたけど、さっきの話だと仁さんも見たんですよね？」

　はっとする栗田に葵は続ける。

「仁さんは店の入口でそれを見た。あと、勝手口から誰かが屋内を探る気配もあったとか。そう何度も重なると偶然とは思えないです。きっと工藤さんの件と関係があるんだと思いました。普通に考えれば、それは原因と結果の関係かなーと」

「原因と結果」

「ええ、つまり工藤さんの記憶を飛ばした加害者が工藤さんに謝ろうとして店の中をうかがってるんだろうと考えたんです。というのも、わたしには最初から犯人が子供にしか思えませんでしたから」

「なんでまた？」

「屋内の様子をうかがう行動そのものが子供っぽいというか、普通の大人なら正面から謝りに行きますからね。裏の勝手口のドアノブをがちゃがちゃするなんて、むしろ恐れ知らずの子供にしかできない芸当かと」

「言われてみれば確かに」

「で、現れた彼がサッカーボールを持っていたので遠くからあてたんだろうと察したわけです。今の怯えぶりを見るに、たぶんこの子は仁さんが怖かったんでしょう。だから堂々と謝りに行けなかった。かといって知らんぷりもできず、むしろ気になって仕方なかったはずです。それでジレンマに苛まれつつ、工藤さんが運び込まれた店の中の様子をうかがっていたんです」

「マジか」

栗田は思わず額を押さえた。

「俺ってそんなに怖かったのか……。知らない子供にそこまで恐れられると正直ショックでかいな。俺の顔のせいでこんな事件が」

「やー、実際には全然怖くありませんけどね。本当に怖いのは恐怖心のあまり小細工を弄して事態を大きくしてしまう臆病な人間の心です！」

「力説！　無理やりひねり出した感じの慰めの言葉、ありがとな」

微笑みを交わす栗田と葵の前で、誠少年がおずおずと口を開く。

「その……前にパパから聞いたことがあるんです。あそこの和菓子屋のあんちゃん、昔は浅草最強の不良だったんだぞって。だから謝りに行くのが怖くて、中をこっそり見てました。意気地なしで本当にごめんなさい！」

「やれやれやれやれ」

栗田は百万匹の苦虫を嚙み潰したような仏頂面でため息をついた。

昔話に尾ひれがついて非常に恥ずかしいことになっている。

思い出したくない思春期の汚点だ。あの頃は確かに売られた喧嘩は必ず買っていたものの、しかし自分から売ったことはない。最強なんて喧伝したこともないのに。いたたまれねぇ……。

栗田が羞恥で顔を火照らせていると、葵が手うちわで涼しい風を送ってくれる。

「まあまあ、前置きはこの辺にしましょう。本題は荷物の回収ですから」

「荷物？　なんの話だ？」

「話の途中で消えてしまったものがあるので。工藤さんの荷物のレジ袋です」

「あっ！」

自分で葵に説明して聞かせたのにすっかり忘れていた――。最初に見たとき、工藤は膨らんだリュックサックを背負い、手にレジ袋を持っていたのだった。

「あ、それなら」

誠少年が歩道脇の植え込みを指差して続ける。

「ボールが当たったとき、弾みであの辺に飛んだような……」

「ん」

栗田が近づいて調べると、植え込みの中には確かに件のレジ袋がすっぽりと入り込んでいた。

「ちょうど死角になってる。だから気づかなかったのか」

栗田は植え込みからレジ袋をつかみ出す。

袋の表面には書店の名前が印刷されていた。感触からすると中身は文庫本だ。何冊も入っている。

「どうぞ。もともと工藤さんが持ってたものなんで」

「僕の……」

栗田から受け取ったレジ袋を工藤はまじまじと眺めた。

彼が中身を取り出すと、六冊ほどの古い文庫本である。

旅行用に持参したものではなく、東京で買った古本だろう。六冊とも値札シールが貼られたままで、しかも目を疑うほど安かった。無料同然だ。ページに書き込みがあったり、日焼けでひどく退色しているから、そんな値段なのだと思われる。

安値に驚いて衝動的に買ってしまったというところか。電子書籍で買うより遙かに安上がりだったに違いない。

本を入れたレジ袋を手に持っていたのは単に収納が下手だったからだろうと栗田は考えた。工藤のリュックサックは衣類をきちんと畳まなかったせいで、ぱんぱんに膨らんでいた。まあ些細なことではあるのだが。

「それにしても……渋いチョイスですね」

栗田が思わず呟いたのは六冊の文庫本が、どれも時代小説だったからである。

「同感です。えっと、岡本綺堂『半七捕物帳』、横溝正史『人形佐七捕物帳』、泡坂妻夫『びいどろの筆』、高橋克彦『完四郎広目手控』、宮部みゆき『初ものがたり』、京極夏彦『巷説百物語』……ですか」

六冊の書名を読み上げた工藤が訝しげな顔を栗田に向ける。

「僕は時代小説が好きだったんですかね？」

「や、俺に訊かれても。それ、まだ読んでないんですか？」

「たぶん。タイトルを見ても内容がわからないので。とくに歴史に通じてるわけでもないんだけどなあ……」

「はあ。じゃあ買ったときの状況を覚えてませんか？　工藤さんが東京に来てから買った本ですよね、全部」

「みたいですね。確かに眺めてると、なにか思い出せそうな感じはあるんですが」

工藤が難しい顔で腕組みしながら黙考する。

だが一分以上経ってても彼の態度には変化がなかった。あと一押し足りないらしい。

ここまで来て寸止めかよ、と栗田はがっくりする。

隣を見ると葵も真面目な顔で思案していた。

ふと思い出す。

「そういえば葵さんも結構読むんだよな、時代小説？」

以前そんな話を聞いた覚えがあったのだ。

葵は和菓子の英才教育を受けて育った人。他にも質のいい様々な日本文化に触れてきている。確か時代小説もその一環ということではなかったか。

「やー、それはちょっと違います。単にうちのお祖父様が時代小説をよく読むだけです。渋いタイトルが本棚に沢山並んでまして、興味があったら葵も読んでいいよと言われたものですから、趣味で嗜むようになりました」

「そっか。お祖父さんの影響か」

「はい、お祖父様は『鬼平犯科帳』、わたしは『剣客商売』が好きですね。少女時代は秋山小兵衛（こへえ）になりたくてたまりませんでした。あの老獪（ろうかい）さと人間味のバランスがいいんです。それはさておき」

　葵がふいに口調を改める。

「工藤さんが購入したこの六冊の時代小説、仁さんはどう思いますか？」

「どう思うって……」

　どういう意味だろう？　戸惑う栗田に葵が続ける。

「工藤さんが旅行者なのは確定でいいと思います。とはいえ、旅先でこんなに何冊も買って読み切れるんでしょうか？」

「ん、それは無理だろ。旅行の合間にぱらぱら読むには難しそうだからな」

「では読み切れないのにどうして買ったんでしょう？　工藤さんは時代小説が好きでたまらないというタイプでもなさそうです」

　葵の話を聞いていた工藤がこちらを向き、こくこくとうなずいて肯定した。

　栗田は軽く片手を広げる。

「そりゃ安かったからだろ？　こっちに来て、ふらっと入った古本屋ですごい安値がついてたから、驚いて衝動買いしたんだ」

「それです。衝動的に買った印象を受けるんです」

「ああ……。まあ事実そうだろ。冷静に考えれば旅先で荷物は増やしたくない。土産物ならともかく、本は地元でも買えるからな。実際、旅行する余裕があるなら、そこまで値段にこだわる理由もないんだ。旅費に比べると本って安いからな。なにか特別な衝動に駆られなきゃ旅先でこれは買わない」

「では工藤さんは本当のところ、どんな衝動に駆られたのでしょう？　そこに様々な出来事をつなげる鍵がある気がするんです。工藤さんが特別な衝動に駆られたことと、この六冊を選んだことはイコールなんじゃないでしょうか？」

葵の言葉に栗田は目を丸くする。――自分にはない発想だった。

想像してみる。

工藤は東京の古本屋で驚きの安値がつけられている本を見つけた。

だがそれは決して彼が買った六冊だけではない。もっと沢山の古本があり、そこから彼はこのラインナップを選んだのだ。

旅先にもかかわらず、なんらかの理由のもと、衝動に駆られて。

「じつはこの六冊の時代小説には共通点があるんです。わたしも読んだのはだいぶ前なので、うろ覚えではあるんですけどね。工藤さんはその共通点を知っていた。決して時代小説が好きでたまらないタイプでもないのに」

それらの事情と工藤さんの目的を組み合わせると――と呟いて葵が考え込む。

工藤もいまだに思い出そうと四苦八苦しているから、栗田だけが取り残されてしまったかのようだ。どうしたものだろう。

まあ調べてみるかと思った栗田はスマートフォンで六冊を検索する。

「ふうん。どれも有名な時代小説なんだな。でも共通点なんてあるのか？」

普段小説を読まないから詳しい調べ方がわからない。ＡＩに訊いても無理かな、と駄目元でチャットＧＰＴを起動させようとしていたときだった。

「あ、そっか！」

葵が目をぱっちりと見開く。

「どうした葵さん？」

「やー、気づくのが遅れてすみませんでした。和菓子の専門家たるもの、時代小説にもなるべく目を通しておきたいところ。これは今後の課題ですね」

なにを言っているのかよくわからないが、葵は流暢に続ける。

「ヒントは最初に提示されていたんです。工藤さんがどこへ向かう途中だったのかもわかりました。案内してあげましょう、仁さん」

葵がふわりと栗田に微笑みかけた。

*

穏やかな秋の陽射(ひざ)しの中、工藤秀和は本堂の前で静かに手を合わせていた。

ここに来たことを心に刻み、そしてそれを助けてくれた人々と縁をつないでもらったことに感謝する。

──ありがとうございました。

吉原(よしわら)神社の境内だった。

江戸唯一の公認遊郭、吉原と共に歩んできた神社だ。

かつて遊郭に祀られていた五つの稲荷神社(いなりじんじゃ)が明治十四年に合祀(ごうし)され、また昭和九年には遊郭と隣接する吉原弁財天も合祀したのだという。

多くの人が祈りを捧(ささ)げてきた神社であり、また、歴史というのは過ぎ去った物語ではなく、今いる現在と確かに地続きなのだと考えさせてくれる場所でもある。

参拝を終えると工藤は振り返り、待っていた栗田と葵に歩み寄った。

「助かりました、本当に。おかげで旅の目的地に全部行くことができました」

「ん、なによりです」

栗田が短くうなずき、隣の葵が朗らかに続ける。

「まだ帰りの飛行機には充分間に合う時間ですからね。安心です」

「ご心配をおかけして……」

苦笑する工藤は既に記憶を取り戻している。もうすっかり元通りだった。

すごいよなと素直に思う。一見ほわほわしているが、あの葵という女性は恐ろしく聡明だ。工藤がすべてを思い出せたのは彼女のおかげなのである。

つい先ほど――栗丸堂の店先で六冊の古本を見つけた直後のことだ。

葵は工藤にこう問うた。

「これから吉原の方に行くつもりだったんでしょう？」

「え？」

「工藤さんは『暗闇団子』に出てくる場所を巡っていた。違いますか？」

その瞬間、工藤の脳内でなにかが弾ける。

暗闇団子――。

不思議な言葉が連想に連想を呼び、たちまち記憶が回復していった。

そして十数秒後には、なにもかも全部思い出していたのである。

「そうです、その通りです！　だから浅草に来た。僕は最後はそこに行こうと思ってたんだ！」

「やー、ナイス的中」

工藤の反応に葵が屈託なく微笑んだ。

「でも、どうしてわかったんですか？　手がかりなんてなかったでしょうに」

「手がかりはありましたよ。ただ、わたしは和菓子の専門家で、時代小説はあくまでも趣味の範疇（はんちゅう）ですから思い出すのに時間がかかってしまいましたけど」

「と言いますと？」

「ポイントは工藤さんが購入した六冊の共通点です。どれも謎解き要素の強い時代小説の短編集ですからね。シリーズものだったり連作短編だったり、細かい違いは色々ありますけど、基本的には似た形式です」

「なるほど」

確かにいずれも広義の短編集で、作者は著名なミステリ作家でもあるのだった。

「この六冊の本、どれもまだ読んでないんですよね？」

「ええ」

「とはいえ、先に述べた共通点を持つこの六冊を工藤さんが買えたのは、事前に知っていたから。読んではいなくても調べたことがあったから選べたんです。そして調べるきっかけは同じ形式——つまり時代小説で短編で、謎のある面白い作品を読んだことじゃないかと考えました」

工藤さんの心を撃ち抜いて行動に駆り立てた、いわば〝最初の特別な一作〟です、と葵が言った。

「そしてわたしはそれが旅の目的と関係があるんじゃないかと仮定してみたんです。じつはこの旅行にはそんな特別なコンセプトがあって、工藤さんは高揚と興奮の只中にあった。記憶を失う直前の言葉はその表れだったんじゃないかと」

葵が一瞬言葉を切った。

「ともかく、そんな特別なコンセプトの旅行中、古本屋で似たものが安く売られているのを見たからこそ衝動に駆られたんだと思ったんです」

即ち——『この六冊、読んだことはないが知っている。あれと似た形式の作品のはずだ。だったら同じくらい面白いかもしれない。確かに本の状態は悪いけど、こんな値段で安売りされてるのは容認できないな』

そんな思いに突き動かされて工藤さんは旅行先にもかかわらず古本を買ったんじゃ

ないですか、と葵は語ったのだった。

「……すごいですね。ええ、ええ、その通りです！　まるで僕の心の動きを追跡したみたいだ」

工藤は驚嘆したが、葵は困ったような笑顔で手を振った。

「まあまあ、半分あてずっぽうですよ。外れても別に損しないので。ただ工藤さんの特別な一作については、ちゃんとわかりました。じつはわたしも既読だったんです」

「そうなんですか？」

「ええ、あの言葉」

ゴッド……オブ——。神……団子。

葵がそう諳んじて言葉をつぐ。

「中学時代のことです。基本的に時代小説ばかりのお祖父様の本棚になぜか現代物があったので、気になって読んだことがあるんです。『踊る手なが猿』という短編集で、三作が現代物、一作は時代小説でした。後者が『暗闇団子』というお話です」

「まさしく！」

工藤は思わず両手を打ち合わせた。

「島田荘司先生の『暗闇団子』。僕はあれが大好きなんですよ。こないだ大学の図書館で見つけて、読んだら夢中になっちゃって。これ系の話をもっと読みたいと今まさに模索し始めたばかりです。――ああ、僕は大学の三年生で、北海道から昨日の飛行機で来ました。そうですか、あなたも読まれてたんですか」

胸が熱くなった工藤は「いいですよねえ」としみじみと呟き、大事な記憶を確認するために詳細を思い出す。

「ストーリーはまず現代から始まります。高校の敷地から江戸時代の墓地が発掘されて、その中の棺に男女の人骨と壺が入っている。壺の中の紙には『暗闇団子』と書かれているんです」

「やー、そんなお話でしたね」

葵が朗らかに相槌を打つが、栗田はぽかんとしていて未読のようだ。せっかくだから、このまま説明を聞かせることにしよう。

「暗闇団子は完全な謎の言葉なんですけど、やがて関係のある資料が大学で見つかります。江戸の噂や事件の記録です。それによると文政三年のある夜、浅草に竜神さまのお告げ札が降った。そこにはこんな奇妙な謎かけが記されていた――という趣向で時代小説に入っていくわけですが」

工藤はうっとりと瞼を閉じて暗唱する。

「『小塚原、新吉原、浅草寺、三冥府、南より一本の竹串で貫くは暗闇団子なり』……」

そして目をかっと見開く。

「ああ！　いい！　なんて魅力的な謎でしょう。そこは闇の冥府であり、三つを串に刺して団子に見立てる！　こんな物事の見方があるのかという新鮮な驚きを感じます。常人にはない不思議な奇想そのものの魅力ですね」

さすがゴッド・オブ・ミステリーの異名を持つ人です、と工藤は熱く語った。

葵が少し汗をかいて口を開く。

「やー、熱弁ありがとうございました、工藤さん。結構よく喋る方だったんですね。ともあれ今のそれです。記憶を失う前の『ゴッド……オブ――。神……団子』という言葉。それはきっと『ゴッド・オブ・ミステリー』と『暗闇団子』という言葉を部分的に聞き取ったものだったのでしょう」

「そうみたいです」

「『神……団子』は暗闇団子の一部を聞き間違えたもので、正確には『闇……団子』だったんですね」

「だと思います。実際、僕ははっとしたんですよ。年季が入った栗丸堂の外観を見た瞬間、ああ、作中で主人公たちが営む店もこんな感じだったのかなって」

「なるほど！ それで右往左往しながら眺めてるうちに連想して、つい口走ったわけですか」

納得です、と葵が両手をぽんと合わせて続ける。

「そこまで思い入れのある『暗闇団子』に登場する土地を、あなたは自分の目で見てみたくなった。これは作品の舞台を巡るための旅だったんですね？」

葵の言葉に工藤はうなずいた。

大学のカリキュラムの都合で休みの日ができたため、うまく日程を調整して旅行に出発したのである。

実際、作中に出てくる多くの土地を既に見てきた。混雑する土日を避けたのが功を奏し、どこも空いていたのだ。残るはあと一箇所だけ。

「では最後は近場でもありますし、わたしたちが案内しましょう」

葵がそう提案し、栗田も同意したので、工藤はありがたく最後の目的地へ連れていってもらうことにした。支度のために一度店内へ戻り、それを機に工藤にボールをぶつけた誠少年も平謝りして帰っていった。

かつて吉原遊郭があった場所はオレンジ通りから歩いて二十分ほど。ここに作中に登場するヒロインの花魁がいたのだ。

しかし、もちろん今は江戸時代ではない。吉原という町名すら残っていない。

浅草ROXの前を通って北上し、仲之町通りを進んだ先に吉原神社はあった。

かくして工藤は葵と栗田に見守られ、旅を締めくくる参拝を済ませたのだった。

「――さて、もう心残りはありません。帰るだけです。空港には余裕を持って到着したいので、そろそろ向かいますよ」

工藤は心から満足して言った。

「どちらの空港ですか？」

葵の問いに、「羽田です。そこから新千歳空港まで、一時間半」と工藤は答える。

「では帰るついでに入谷駅まで送りましょう」

「だな」

栗田もうなずく。厚意に甘えることにして、工藤はふたりと歩き始めた。

歩きながら葵が口を開く。

「先ほど言いそびれましたけど、工藤さんがみたらし団子という言葉に反応したのも小説の影響ですよね？」

「ええ、島田荘司先生の創造した人物に御手洗潔という名探偵がいるんです。苗字の語感が似ていたからでしょうね」

「やっぱりそうですか。ちなみにみたらし団子は京都の下鴨神社が発祥なんですよ。御手洗祭で神様に供える神饌菓子だったものが境内の店の名物になったんです」

葵がここぞとばかりに和菓子の蘊蓄を語り始めた。

「みたらし団子の串に刺す団子は本来、五個でした。これは鎌倉時代、後醍醐天皇が境内の御手洗池で水をすくおうとした際、最初に大きな泡が浮き出て、続いて四つの泡が出てきた逸話からだと言われています。今でも現地では串に五個刺した団子が売られてるんですよ。あ、他に四肢と頭を模しているから五個という説もあって」

諸説あります、と葵が付け加える。

そんな話をしているうちに入谷駅に着いた。

もう二度と会うことのない人たちだ。最後に打ち明けておこう、この旅の感想を。

意を決し、工藤は葵と栗田を振り返る。

「ところでおふたりは演劇に興味がおありですか？」

「演劇？」

脈絡のない話題に葵と栗田がきょとんとした。

「すみません、唐突でしたね。僕、大学で演劇研究会に入ってるんです。大学公認の大きなサークルで、僕の担当は脚本です。まあ複数の脚本家がいるんですけど」

「はあ、そうなんですね」

「じつは春の定期公演では僕が脚本を書いた時代劇を上演しました。軽い調子のコメディです。地方から出てきた三太と梅吉という若者が江戸で珍騒動を繰り広げる笑い話なんですが……上演中に地震が起きて中止になってしまって」

「まあ」

「客席からスマホの地震速報のアラートが鳴ったときは驚きました。天井に仕込んでいた白い巨人も落ちてきちゃって」

「白い巨人？」

「ああ、最後に出す予定だったセットです。仏様に遣わされたこの入道雲の巨人が、江戸中で騒ぎを起こす三太と梅吉を故郷へ連れ帰るという結末だったんです」

笑いを取れたかどうかは結局わかりませんでしたけど、と言って工藤は苦笑した。

「そんなことがあったんですね。それで次の公演は？」

葵がそう口にしたあと、「ああ、だから取材を兼ねて？」と察しよく尋ねる。

「ええ、今度は気分一新、僕のオリジナルではなく『暗闇団子』を脚本化して上演したいと思いました。冬の公演では僕がその辺を任される予定なので」

「なるほどなるほど」

「ただ、やっぱり内容が高度ですから。ほんとに自分たちの力でできるのか、江戸の雰囲気を再現できるのかなど、見極めの必要を感じたんです。だから、かつて江戸と呼ばれた土地を一度見てこようと考えました。僕は実家も大学も北海道なので」

「ただの舞台来訪ではなく、そういう心づもりをした上での来訪だったわけですね。それでいかがでした？　取りかかる心の踏ん切りはつきましたか？」

「いやあ——」

　工藤は苦い顔になった。「無理です」

「え？」

「今回の旅で思い知りました。遠い昔に思えても江戸って滅んでません。東京のあちこちに都市のＤＮＡとして忘れ形見が残ってるんです。いえ、それは土地だけじゃない。人にも受け継がれてる」

「人に？」

　葵が目をしばたたく。

「はい。だって義理人情なんて概念、とっくに廃れたと思ってたのに、当たり前のように実践してる方がいるんですから。優しさが身に染みました。葵さんと栗田さんが助けてくれなければ完全に行き詰まってましたよ。僕には同じことはできません。とても無理です」

「やー、わたしたち別に普通ですけど……」

葵が困惑気味に弁解する。

「ともかく、今の僕に江戸を題材にするのは早い。人情不足のことだけじゃありません。コメディならまだしも『暗闇団子』みたいに本格的な話をやるには、心の機微や歴史を感じ取る力や、まだまだいろんなものが足りてないって実感したんです。だから諦めます」

工藤はきっぱりと口にした。

そう、これは己の納得の問題だ。やりたかったが、心のどこかで無理そうだとも感じていた。そして結局のところ自分は力不足を認識し、明確に断念するために東京へ来たのではないだろうか。今にしてそれを悟った。

「そうですか……」

本人が決めたことなら、というふうに葵が少しだけ微笑んだ。

「お気をつけて帰ってくださいね、工藤さん」

「はい。おふたりとも本当にありがとうございました」

そのときである。今まで寡黙に徹していた栗田が一歩前に出て、小さな風呂敷包みを工藤へ差し出す。

「栗田さん、これは？」

「店を出る前に手早く用意した土産です。小腹が空いたらどうぞ」

「あっ、それは嬉しい。ではいただいて行きますね。――さようなら！」

工藤は風呂敷包みを受け取ると一礼して駅へ入っていった。

＊

電車を乗り継いで浜松町へ行き、東京モノレールにしばらく揺られた。

今、工藤は羽田空港第一ターミナルのベンチで暇を持て余している。

余裕を持って早く来すぎた。またトラブルが起きては大変だと念には念を入れたのだが、今回は問題なかった。おかげで出発の時刻まで、まだ二時間近くある。

まあ気長に待つか。

「ふう」

それにしても得がたい体験だったと工藤は思う。

葵と栗田に出会えたのは旅の大きな収獲だった。彼らを知ることで自分の身の丈を把握することができたからだ。

僕は駄目だな。

あんなふうにはとてもなれない。

一円の得にもならないのに見ず知らずの人を助けたり、町案内を買って出たり。きっと人としての器が違うのだろう。だから余裕があり、自然体でさらりと人助けができるのだ。

情け心は人間力の表れ。今の僕には様々なものが足りない。大好きな『暗闇団子』を脚本化する技量も懐の深さもない。ないない尽くしでやりきれない。

そんなふうに自省していると、ふいに空腹感を覚える。

「お腹空いたな……。ああそうだ」

あれを食べようと工藤は思う。こんなときのために土産として持たせてくれたのだろうから。

別れ際に栗田にもらった風呂敷包みを膝の上に置き、結び目を解くと、薄い杉の板で作った小さな箱が現れた。開けると三本の串団子が入っている。

「えっ？」

ぎょっとしたのは、それが真っ黒な団子だったからだ。

串に刺さった団子そのものが黒く、さらに上から黒いごまだれがかかっている。

箱と風呂敷の間には折り畳まれた紙が挟まっていた。

広げると筆ペンでこう書かれている。

『俺には俺のやれることしかできません。

黒ごまだれ、黒団子、黒小豆餡、
三暗黒を竹串で貫くは俺なりの駄悪団子なり』

鳩（はと）が豆鉄砲を食らうとはこのことか。まさしく面食らった。

「駄悪団子……ダーク・ダンゴだって？」

口に出すと妙に肩の力が抜ける。

それが栗田流の暗闇団子だというのか。しかし意図が気になるところだ。ねぎらいなのか励ましなのか、それとも茶目っ気か、江戸っ子の洒落（しゃれ）心か。

栗田はどんな気持ちでこれを――。

「とにかく食べてみよう」

工藤は串をつまむと先端の団子を思いきりほおばった。

刹那、香ばしい黒ごまの匂い。

手作りなのだろう。つぶつぶ感のある黒ごまだれが口内にとろりと広がった。みたらし風の味付けで、ごま風味だが、こってりと甘じょっぱい。

歯を立てると、軽く焼いた団子の表面はかりっとした歯応えだ。でも中身はもちもち。なんて柔らかいんだろう。むにゅっと歯が通る。しかも練りごまを混ぜ込んでいるらしく、素晴らしく香り高かった。

中心には甘い餡がぽてりと詰まっていて、嚙み締めると柔らかく砕ける。小豆の餡だ。ああ、塩の利いた豊かな甘味。

ごまと小豆なんて普段一緒に食べることは少ないのに、この組み合わせが驚くほどうまかった。

たちまち一本食べ終わり、二本目の串を握り締めて工藤は思う。

——わかったよ、栗田さん……。

自分には自分のやれることしかできない。そう、僕は僕でしかない。

でもそれでいい。

決して嘆く必要はない。今は無理でも、いつかできるようになる。

なぜなら人は成長するのだから。心構えがあれば人情の機微もわかっていく。そのためにも背伸びせずに己の本音を見つめ、等身大の自分で進んでいくしかないのだ。

栗田さんは決して意図したわけではないのだろうが、結果として僕の心を鼓舞し、より高い認識へと導いてくれた。

今の僕は確かに力不足で、『暗闇団子』を納得のいく形で脚本化するのは難しい。しかし、だからといって投げやりになるものか。僕は僕なんだ。いざとなったら栗田さんのように自分なりの駄悪団子を出す荒技だってあるじゃないか。

「ん？」

そのとき、工藤の頭にぱっと着想が降ってきた。

ちょっと楽しい案を閃いてしまったかもしれない。

*

翌週、栗田がパソコンで店の公式サイトを更新していると、珍しい相手から連絡が来ていることに気づいた。

「お、団子の工藤秀和さんからだ。お礼のメールをくれるなんて律儀だな」

栗田の言葉に、葵が近づいてきて画面をのぞく。

「やー、ご健勝のようでなによりです。ファイルも添付されてますけど、まずは本文を読んでみましょうか」

工藤のメールを要約するとこんな内容だった。

『大学の演劇研究会で、冬の公演の脚本を正式に任されました。そこで先日のおふたりと僕の一件を人情喜劇にして上演したいと考えています。早速書いた脚本をメールに添付しました。劇の名前は《神様団子》。うちの看板俳優の三太怜央（みつぶとれお）と梅吉聖也（うめよしせいや）も、やる気満々です。前の公演ではこのふたりの苗字を役名に流用したのですが、今回は栗丸堂の宣伝も兼ねて、できれば栗田さんたちの実名を使いたい所存です。許可していただけると幸いです』

栗田と葵はしばらく無言で顔を見合わせた。

「……どうかしてるな。正気の沙汰じゃねえ」

「って言いたくなるほど面白そうってことですね？　快諾しましょう、仁さん！」

葵が満面の笑みを浮かべ、栗田は口をあんぐり開けて絶句した。

参考文献（敬称略）

島田荘司『踊る手なが猿』（光文社文庫）
岡本綺堂『半七捕物帳㈠ 新装版』（光文社文庫）
横溝正史『人形佐七捕物帳傑作選』（角川文庫）
泡坂妻夫『びいどろの筆』（徳間文庫）
高橋克彦『完四郎広目手控』（集英社文庫）
宮部みゆき『〈完本〉初ものがたり』（ＰＨＰ文芸文庫）
京極夏彦『巷説百物語』（角川文庫）

カミサマは待ちぼうけ

紅玉いづき

お待たせしましたぁ。はい、マオです。え、そうです気づいてくれたんですか？嬉しい〜。最近忙しくて全然美容室とかいけてなくって。でも会えるの嬉しくてねじこんでもらってきちゃいました。えへへ、そう言ってくれるの○○さんだけですよ。お昼食べずに駆け込んだから、おなかぺこぺこ。フルーツ？　大好きです！　言ってましたっけ？　どうしてわかっちゃうんだろうすごい〜。予約とってくれたんですか？　いつもいっぱいだから入ったことないんですよ。嬉しい。あ、でも……。あのですね、外、天気が悪くなってくるみたいで。今日傘もってないし、せっかく綺麗に巻いてもらったのに、雨にぬれたくないからどうしようって……。いいんですか？そんな、タクシー代だって全然安くないですよ、いつももらっちゃって申し訳ないです。○○さんといる時しかこんな贅沢できません。勘違いしちゃいそう。もう、いつも上手いこと言うんだから。

嬉しい。会えて嬉しいです。あたしお父さん小さい頃になくして、どうしてもパパってイメージわかないんだけど。

○○さんて、神様みたい。

ずっと神様を待ってる。

いい子にしていると、なんでもくれるのが神様だって、あたしがいつも持ってる本には書いてあった。お客様は神様ですって言葉が馬鹿にされて唾を吐かれる世の中で、あたしは神様って本当にいると思う。見たことがある。信じている。だってそうじゃなくちゃ、馬鹿になんかなれないもんね。0円じゃない笑顔のサービス業の、円環の中、メリーゴーランドか流しそうめん器に組み込まれるためにきっと必要だった。神様。

時刻午後四時半。かったるいゼミの終わりにサロンにすべりこんだら、「これからどちらにご出勤なんですか」とネイリストさんが聞いてくれる。「新宿ですね」とあたしはなにも面白くないメイク動画を見ながら答える。最近の涙袋の作り方って、どうもやぼったく見えるなと思いながら。

「今日はどうしますか」

「うーん……、清楚(せいそ)系かなぁ……」

これから会う相手のプロフィールと、過去の会話を思い返す。看護の専門学校に入り直すために学費を貯(た)めている設定が、一番重要度が高いとして。

「……パーツはなしの、でもグラデ強めとか？」

「じゃあ、ヌードピンクで重ねていきましょうか」

「川島神におまかせで〜」

川島さん、というのがそのネイリストの名前だった。卵みたいにつるりとした顔をして、細くて長い爪にくらべて、なんにも誤魔化してない顔をしている。一重のつり目が細くて、絵巻物にでてくるみたいな彼女は、ネイリストなんて間違いなく対人のサービス業なのに、全然笑わない。それがむしろよくって、あたしは毎回川島さんを指名しているのだった。川島さんは、それもやっぱり笑わないからなんだろうけど、いつも指名が空いてて、飛び込みでも入りやすい。あたしのバイトは笑わなきゃいけないサービス業だから、いつも笑い過ぎて疲れてる。痺(しび)れた表情筋を休ませてくれる川島さんといるのが、好きだった。

「川島さん、最近面白かった映画ってあります？」

タブレットの画面をタップして好みじゃない動画をとばしながら、あたしは言う。この場合の映画というのはサブスクの見放題の意味。「私趣味悪いです」と、ジェルネイルをオフするための電動やすりみたいな機械を操りながら川島さんは言った。

「どの系です？」

「家ではホラーばかりで」

「え～、お化けがでる奴です？」

「いいえ、宗教系です」

宗教系。神様の話ですか？　そうですね、神様は実際出てこないけど、そういう話が多いと思います、と川島さんが言う。どちらかというと、神様を信じている人が、多い。「神様信じてる人って、ホラーのくくり？」「多分」じゃああたしもホラーかも、となにも考えず言ったら、まつげの本数の少ない川島さんの目が、ちらりとあたしの方を見たので、あたしはにこっと笑ってしまう。これは、今のは、仕事じゃないから。サービスでもないし、0円でもないよ。川島さんが、こっちを向いてくれて、嬉しかった、の、にこ、だ。

「神様、見たことあるし」

画面と指先を視線で往復しながら軽口みたいにあたしは言う。

「中学校の時に家出しようかなぁって思ってて。特別家にいたくない理由があったわけじゃないんだけど、その時すごい流行っていたから。神待ちっていうやつ。もう死語だけど、いっぱいいたな～、会ってくれるとか泊めてくれるとかいう神様」

神様はだいたいが男の人の形をして、時に女の人の写真を擬態に使う。そういうことを、あたしはよくよくよく知っている。

指先から、ジェルプラスチックとタンパク質が削り取られていく。あたしはこの瞬間、粉のにおいのする空気が、ちょっとだけ好きだった。人工物と人間の骨がくっついて、粉々になっていくの。少しだけ、火葬のあとみたい。

最近は肺にたまらないように、専用の機械がおかれて粉を吸い取っていってしまうけど、別にそれはそれでいい。川島さんの健康の方が大事だし。

「……私が好きなのは、新興宗教系で」

あたしの神様思い出話にのりづらかったんだろう。川島さんは時間を少し巻き戻し、会話をいびつにつなげた。ああ、ああ、川島さんを困らせたいわけじゃなかったの、と、あたしはそちらにのっかるつもりで言った。

「宗教系で?」

「不条理で不気味な、わからない映像が好きですね」

川島さんはいくつかの題名をあげた。知ってるものはひとつもなかったけれど、次に来た時には一緒に見たいと思った。

黙って、映画を見る。お仕事でも飽きるくらいやってることなのに、川島さんとはしたいと思った。友達なんてほとんどいないあたしだけれど。

多分、あたしの見たことのある神様と、川島さんがいつも映画で見ている神様はまったく別のものなんだろう。別の意味なんだろう。でも。

「……人間は、お互いの不信の中で、エホバも何も念頭に置かず、平気で生きている、ってやつだ」

あたしはぼんやりと呟いた。川島さんはそんなあたしの言葉を聞き返さずに黙っていた。あたしの話がわかんなくたって、付き合い笑いもしないし説明も求めない。

だからあたしは、ここが好き。川島さんが好きだった。

それから、爪を仕上げてもらって、五時前にはサロンを出ることが出来た。

バーコード決済でレジを終える時に、やっぱり川島さんはにこりともしなかったけれど、

「思い出しました」

と唐突に言った。

吐き出されるレシートをちぎりながら。

「『人間失格』ですよね、さっきの」

びっくりして、あたしはいらないはずのレシートをもらってしまう。担当川島って書いてあるやつ。

レディディオールのバッグを抱きしめて、逃げるみたいに、夜の街に走り出る。

新宿駅についたところで、今日は仕事で行けない、という連絡が入って頭にきた。

「許されーん！」

こっちも仕事だ。髪だって巻いたしネイルだって行ったのに、リスケなんて言語道断だから、アプリを開いて今すぐ会える人を探す。この際ちょっと面倒そうな相手でも目をつむろう。もしかしたら神様かもしれないし。捨てる神とか拾う神とか。お金をくれることは大前提。

結構前からキープリストにあった、ずっとあたしの投稿にハートを送ってくれるひと、が、即日会えますのアポをとってきた。初めてのやりとりのひとだ。うーん、お金もってなさそうな気配。でも、この際、贅沢は言ってられないから。

新宿。六時半。上手い具合に「顔合わせ」の時間と場所が決まって、でもまだ時間があったから、あたしは繁華街の方に向かった。おもちゃみたいな、映画館のあるビル。その近くには「子供のたまり場」があって、あたしはそこにいる子供に声をかけて、暇を潰すのだった。空気の澱んだ場所でひとりでいると面倒がやってくる。自分からもっと面倒な人間に話しかけていたら、面倒のほうから避けていく。

とびこみで現れる「神様」は、だいたいがろくでもないし。

「あれ、久しぶり？」

でも、今日そこでひとり、知ってる顔を見つけた。

「お久しぶりです」

とその子は頭を下げた。他に誰ともつるまないで、ひとり暗い顔をしていた。

たまり場にいる、子供。中学校だか、高校だかでドロップアウトした女の子なんだろう。ここはそういう、社会からはみ出した子供がたくさんたむろっている場所なのだった。その子は細い三つ編みをして、平べったい爪をしてる。細身で大人びた顔つきだけど、とびきり若いんだろうってあたしは気づいていた。みんな、わかってるてなにも言わないのだ。若くて顔が可愛（かわい）くて、肌がきれい。いつもはたくさんの取り巻きを連れてるのに、今日はひとりだった。

あたしは頭の中で好きな本を読み返す。

金の切れ目が縁の切れ目、って本当の事だよ。この子も縁がなにか切れたのかもしれないね。そう思ったらすごく可愛く思えてしまった。

「おいでおいで、これあげる」

あたしがあげたのは、しばらく前にもらって、鞄（かばん）の底に入ったままだったディオールのリップ。鞄がディオールだからって安直な。口紅おくってくるおじさんってキモーい、ってのがあたしの正直な気持ちで、それはつまりキスがしたいって直球な下心じゃない？　ダイレクトメッセージの駆け引きよりもっとげんなりしてしまう。

本当は、もらったらその場でつけてあげなきゃならないのわかってて、でもそんな気持ちにならなくて鞄の底にしまいこんでしまってた、プレ。

それを差し出した時、ふと合点したのだ。

なるほどね。そういうこと。だから、今日ドタキャンをくらったのかも。かしこかしこ。答えが出てしまうとかなり陰鬱な気持ちになったけれど、一緒に見えた鞄の底の文庫本が、あたしの絶望を救った。

レディディオールの底にはいつでもあたしの救いがある。

その子は、お高いデパコスをあげてもニコリともしなかった。似合いもしない真っ赤なリップをじっと見ていた。そういう、慣れない猫みたいな女の子だった。でも、川島さんほど好きになれないのはきっと、この子が若くて綺麗な顔をしているからだろう。そして平たい爪をしているからなんだろう。本当だったらこんなところにいちゃいけない子の目、馬鹿にはなれない子の目だ。それが可哀想だから、あたしはこの子が好きにはなれないし、同時に余計なことをしてあげたくなってしまう。加虐だという自覚があってもなお、やめられない。

どうかしたの、浮かない顔してるね、とあたしはその子に尋ねた。率直に。「お金ないの？」って。ひとが苦しい顔をする時って、大体そうだってあたしは知っている。嫌なことがあっても、お茶一回で十くらいもらえたら、そんなハッピーなことないし。

ためらいがちに、三つ編みの子供は頷いた。

そして、いつもなら絶対言わないようなことを言ってきた。

父親だった男が送ってくれる、仕送りが止まったのだと。

あっは、とあたしは笑って、彼女の、フードのついた背中をばんばんと叩く。

かわいそ。

あたし達はそうねぇ、ずっとね。

かわいそうだと、可愛いから、お金になるんじゃない？

それから、あたしは、この不幸そうな顔をした女の子がせめてはやく馬鹿になれるように、いくつかのやり方を教えてあげるのだ。手っ取り早く、アプリじゃなくて本人確認がいらないSNSでね、大丈夫大丈夫、顔が可愛くて若いんだから。そう、あたしもあなたも、今が一番若いのだ、それはそう。相手が未成年なことは百も承知だったから、それ相応の、時間の売り方を教えてあげる。

あたしはその子の、膝からのぞいた細い脚を見ながら、スペは高いんだけどな、と考えていた。

体重何キロ？　それをね、身長から引いて。それがあたしの、あなたのこの街での偏差値。自分を売る時の、単純で簡単な成績表。

あたしだってあと十センチあったら、新宿の女じゃなくて銀座の女になってた。もっと質の高いおじさんがたくさんいるラウンジに行って、こんなに馬鹿にならなくてもよかった。賢い子だねって偉いねっていっぱい言われたに違いない。でも、馬鹿の方が楽ちんだから、あたしは好きでこの街を選んでる。

あと、この子はどれだけ顔が綺麗で脚が細くてスペック高くても、あたしみたいな働き方は出来ないと思う。

この子よりあたしが多分、優れていること。――声が甘くて、高いの。

それだけで、あたしはこの子供の優位に立っていると信じることが出来た。若さも細さもなくても。だからいろんなものをめぐんであげちゃう。

そして、無責任になんだって言える。

あのね、媚びなきゃ駄目だよ。それが、いい子でいるってことだから。

神様に見つけてもらえない。見つけてもらっても、欲しいものをもらえないよ。

難しい顔をして考えているその子を置いて、あたしは「顔合わせ」に向かう。かわいそうな女の子を、もう振り返らない。そんなのこの街にいくらだっているから。あたしはあの子の神様じゃないし。はやくどうにか、なったらいいね。どうにかってどういうことなんだか、ひとつもわからないけど。

ファッションビルの地下の狭い珈琲店が、「顔合わせ」の場所だった。その時間、あたしの席のまわりにもたくさんの女の子とおじさんがいた。

このカフェは、お茶のメッカだ。ビルの上の方には半地下くらいのアイドルがたくさん出てるスタジオがあって、ライブやファンミまでの短い時間を、ファストで稼ぐ女の子であふれているのだった。

あたしは、推しとかアイドルというものにこれまでいれこんだことがなく、ホストクラブにも通ったことがない。

じゃあなぜこんなことをしているのかというと、端的に「遊ぶ金欲しさ」というやつね。可愛いを売って、可愛いを買う。ずっと可愛くいたいから。

あと、他に、別に、楽しいことは知らないし。これが楽しいってわけでもないけど、とりあえず、他のバイトよりもずうっと割りがいい。

タイパがいいのが一番のウリのはずなのに、時間になっても約束をしたはずの男は来なかった。あたしは水だけで待っていた。おなかすいたなと思いながら。

もう半分くらい、このの顔合わせが流れたら、ということをあたしは考えはじめていた。バックレ、することもあるからされることもある。眠い中に巻いた髪だから、川島さんが丁寧につくってくれた爪だから、このまま帰るなんて絶対にいやだし、来ないんだったら、仕事終わりの誰かを捕まえるしかない、と指先がタップを続けていた、時だった。

「ああ〜ごめんごめんごめんごめん」

がさん、と小さくて四角いテーブルの上に、大きな紙袋が置かれた。パンケーキ屋みたいな珈琲店には不似合いの、お肉と油の匂いがした。

「君、マオちゃん、だよねぇ！」

にかっと笑って言ったのは、歯並びのがたついた、でもそのがたつきも愛嬌になりそうな男性だった。まともな仕事してなさそう、というのが最初の印象だった。少なくとも、まっとうな、スーツとネクタイで働いているひとじゃない。とろみのある柄シャツと、細いジーンズ。真珠みたいなネックレスをしていた。サングラスは丸く、ひとつくくりにした髪の、パーマは天然だろうか。だいぶ白髪がまじっていて、そこだけが若作りが間に合わなくて老成しているみたいで奇妙だった。

「可愛いね！　言われない？」

どさん、と座り込んで、ふーと、サングラスの下の目を押さえた。

えー、可愛いですかぁ、ありがとうございます、という言葉は、頭の中だけでくるくるとまわった。

そういう、営業、サービス、スマイル、もうはじめていいのかわからなかった。

「メールでさぁ、おなか空いてるっていってたでしょう、豚まん、くう⁉」

どこかの催事で買ってきたのだろう。いくつかの数字が書かれたそれは、中華街でしかみたことないような大きな豚まんで、

「え～」

あたしはとりあえず笑った。とりあえず笑っておけ、という笑いだった。

「食べませんよぉ、ごはん前だもん」

おなかが減ったといったらそれはご飯に行きましょうっていうこと。白い服を着てたらお寿司につれていってということだってわかんないかな。同じ白くても、豚まん

買ってきて渡されたって困る。奢りだからいいとは思えない。鼻の先をなでるにおいが、予想していなかったからすごく、あたしの脳内を混乱させた。

「まあいいや、もらって？」

おなか空いてるんだったらご飯行こうよ、飯屋でしゃべろう、と立ち上がる。ええ、という気持ちだった。突発だから破格でお茶いちにしてあげたのに、それも払わないなんて詐欺だし舐められてるし、このまま帰った方がよかった。お茶して、挨拶して、媚びを売ってこの時間をいくらで買ってくれるか条件を確認して、それじゃあ楽しいお食事に、というのがあたしの今日のお仕事のはずで、不成立だったら帰った方がよっぽどいい。暗い家に。それか、どこかで空いてる子捕まえてラーメンでも食べよっか。

でも自分のきらきらした爪を見たら、せっかく川島さんがやってくれたのに、とためらった。だからレディオールだけを持って立ち上がる。「すみませんでした」と店員さんに謝ってカフェを出ようとしたら、「忘れ物だ〜！」おじさんが、駆け足で戻って豚まんの袋をとりに戻っていった。いや、戻るんかい。

ビルを抜けて並んで街に出る、軽くアプリを確認する。ヨージさん、というのがその人の名前だった。年齢は四十九。見えない。でも、これは褒めじゃない。年相応じゃない、の意味。

「あの、どこ行くんですか？」

「どこ行きたい？　なにが好き？」

最悪だな、とあたしは思う。質問に質問で返さないで欲しい。あたしは顔に出さずににぱっと笑った。

「えーお寿司とかかな？」

「ええっ、東京のお寿司、美味しいもんないよ」

なに言ってんの？　って言いそうになった。その東京でも美味しい、お店に連れていくんだよ、あなたが。

ヨージさんはあたしの顔色はうかがわなかった。新宿の、ごみごみとした飲み屋街の、やる気のなさそうなキャッチに声をかけていた。

「魚ある？」

ありますよ～よろこんでー！　なんて、キャッチに捕まりにいくような、そんな店の選び方ってある？　キャッチの人だって、連れているあたしの顔を見てぎょっとしていた。そうだよね。キャッチの居酒屋に連れてくるような相手じゃないよ、あたし。

ほんとのお父さんじゃ、ないんだから。

(かえろっかなぁ〜〜)

でも、ぴかぴかの爪が。川島さんの塗ってくれた、ぴかぴかの爪が、もったいない。あたしに力と勇気をくれるはずだった。鏡がなくても、一番可愛いところが見えている。

おなかも減っていた。それはそうだった。さっき、豚まんのにおいをかいだのが、普段はさわらない食欲を刺激したのかもしれなかった。

まあいいや、途中で帰ればいいんだろう。お手洗いに行って、そのまま店を出て、急な予定が入ってしまいましたと言って、それで。

アカウントをブロックしたら、この街ではもうさようなら。どこかで再会したって、はじめましてって笑顔で言える。だって、あたしは、悪いことをしていないから。

あたしが悪いことをしたといえるのは、あたしに悪いことをしたといえる男だけだ。

そういう契約で、あたし達は成り立っている。

どうせお茶や食事なんてろくに味もしないのだ。この間の、フルーツパーラーに連れていかれた時なんか最悪だった。果物だけ厳選して食べさせて欲しいのに、フードファイトみたいにご飯ものを並べられて、他のお客さんの目が笑っているのがわかった。

笑われるのは慣れているけど。それでも磨り減らないわけじゃない。ま、どれだけ減っても、忘れるのは、得意。

席ありますよと言われたのに、案内されたのはカウンターだった。こんなの席があるとは言わないと思いながら、途中抜けして帰りやすいかもとも思う。

「なにが好き？　なに食べてもいいよ！　ほら、たまごやきとか」

あはは。いいですね。たまごやき。

ヨージさんは、流れるように煙草に火をつける。その時、あ、初めての店とかじゃないんだなあってあたしは思った。紙煙草。それこそアイコスの買えないがきんちょしか吸ってないような、昔のもの。歯を茶色くしてまでくさいものを吸わなきゃいけないなんてと思うけれど、あたしも知ってるよ。シンプルな自傷行為、気持ちいいもんね。

あたしはノンアルコールのカクテルを選ぶ。お酒は飲めるけど、こんなところで安い酒なんて飲まない。飲まないの？　って言われたら、アレルギーがあって、って答えることにしてる。安い酒アレルギーだった。不味いもので、邪魔なカロリーなんかとりたくない。

ビールのジョッキは先にきた。乾杯を待つ間、ヨージさんは煙草を吸った。

白い煙を見ながら、あたしは思う。

酒、煙草、淫売婦、それは皆、人間恐怖を、たとい一時でも、まぎらす事のできるずいぶんよい手段である――。

好きなフレーズを脳内で遊ばせながら、ヨージさんが煙草を吸っている間はアプリを見て過ごした。なんならここから、逃げたあとに会う人まで探していた。でも、煙草のにおいを髪につけてはいきたくないな。

「ごめんなさい」

あたしはレディディオールからレースのハンカチを取り出して、口元にあててわざとらしく咳をした。

「ぜんそくが、あって」

「あれっ」

ヨージさんはあたふたと、つけたばかりの煙草を押しつぶした。「ごめんごめん、そうだっけ？　知らなくて」「言ってないから当たり前ですよ、こちらこそごめんなさい。優しいんですね」優しさってなんだろうな。わからないけれど、優しくする方が簡単だ。つっけんどんにしたって、上がりは少ない。神様もなんでもくださらない。

あたしのカクテルが届けられた。「乾杯」とヨージさんは陽気に、泡の減ったジョッキを持ち上げる。「乾杯～なにに？」「ハタチの君に！」はは。あたしまだ十九ですよ、とあたしは笑う。もうハタチだけど、そういうことにしてあった。個人情報、フェイクを交えなきゃ、足がつくから。

泥棒の論理だと思った。犯罪者の手腕。

まあわかってはいるのだ。酒も煙草もしなくたって、あたしのことを淫売とさげすむひとがいるのだろう。……淫売婦というものが、人間でも、女性でもない、白痴か狂人のように見える、と。

蔑みながらも、そのふところの中でなら、ぐっすりと眠ることが出来るって、あつかましいことをそいつらは言うんだろうか。

あたしは別に今この生活を気に入ってはいないけれど、神様を待っていた子供時代よりはずいぶん楽なのだ。家でひとりぼっちはあまりに怖い。ガリガリに痩せていくママを見るのは。今はママは寝てばかりだけど、そっちの方がずっといい。あたしはあたしでどうにかするしね。神様に自分からアタック出来るって、自由だ。自由なのに、あたし達は自分達を売る場所を、新宿か銀座かも、自分で決めさせてもらえない。

自由ってなんて不平等なんだろう。

「なんでこんなことしてるの？」

焼き魚に箸をつっこむヨージさんが唐突に聞いた。

こんなことってどんなこと？　とあたしは首をかしげてみせた。

「パパ活とか」

あたし笑ってしまった。なんでこんなことしてるの、だって。小さな子供に聞くみたいじゃない？

「そんな言い方しないでくださいよお」

なんでこんなことしてると思う？

お金が欲しいからだよ、お金がないと不安なの。好きなことをやるにも将来のことを考えるにも、フラペチーノを一杯飲むにしてもためらわなきゃいけない生活はしたくはないの。

「ママの調子が悪いんです」

ってあたしは言っていた。お涙ちょうだいの常套句だった。

「だから、なにかあった時のためにお金が必要で」

嘘。全部嘘。ぜんぶぜ～んぶ嘘だけど、あんまりたくさん嘘をつきすぎて、本当のことなんか忘れてしまった。

「ママ、元気がないのか」

とヨージさんは唐突に、神妙になって言った。あなたのママじゃないよ、と思ったけれど、いけないいけない。この人は今、あたしのパパのつもりだから、とあたしは出来るだけ眉を下げて、しんみりした顔をつくってみせた。

本当は、ママの元気があるのかないのかは、よく知らないのだった。家でもほとんど顔をあわせなくて、仕事には出てるみたいだけど家に帰るとずっと寝てる。週に二回のゴミは出してくれるけれど、料理はつくってくれない。別にいらない。横になってる人に縦になれなんて言わない。大学の学費は払ってくれてるし、家に金をいれろとも言わないのだから、それだけで十分だ。

思えばママは頑張りすぎたんだと思う。女手ひとつであたしを育てて、大学まで出そうとしてくれて、その途中で力尽きちゃった。

あの子を思い出す。今日あたしが、ここに来る前に、罪を吹き込んだ若くて細い女の子のことを。

お父さんからの、養育費、とかって言ってたっけ。

もらえてるだけマシだったんじゃない。

少なくとも、あたしのママは、それをもらってる風ではなかった。そのうちに、なにもかもが嫌になってお布団から起き上がれなくなって、あたしの、授業料は、免除という形になった、ことだけは知ってる。

あたしはあんまり考えないようにしていた。突き詰めていってしまえば、あたしさえいなきゃよかった？　そんな不毛な考えに至ってしまいそう。そんなん考えたって仕方がないし、いないよりいる方がいいはずだし、一番いい形で、若い時間は、売りたいし。

で、このバイトをする時には、ママのエピソードはそういう風に使わせてもらうことにした。会って喋(しゃべ)ってご飯して、まだお金を引っ張れそうな人には、ママにもっと楽させてあげたい、と話す。今の学校じゃなくて看護の学校に入りなおしたくて、勉強をしてる、という話にもっていくのがあたしの定番だった。

だけどヨージさんからは到底余計なお金なんか引っ張れそうもない。めんどくさかったから、「ママ思いの子ども」だけでやっていくことにした。手抜きだ。

そっちだってあたしに対して手を抜いてる。

「ああ……」

とヨージさんはビールジョッキを飲み干した。あたしはずいぶん考えていた。この人から、今から、なにをどうもらえるかなってこと。

一回きりならタクシー代が一番高くもらえるだろう。二度と会わないならもっとやんちゃにお金をもらったっていい。プレゼントは買ってもらえる感じじゃないから、時間を潰せるところを提案しなくちゃ。

もしくは酔い潰してしまおうかな。支払いをかわりにやって、ついでに残りのお金をタクシー代としてもらったら、きっとわからないでしょう。どうか現金を多めにもっていますようにとあたしは願う。

自分はバーコード決済をいつも使っているくせに、お手当は絶対現金主義だ。

ヨージさんは自分の家族でも思い出してるんだろうか。かなり神妙な顔をしながら、続けて聞いた。

「今家族は、ママ、ひとり？」

「おじいちゃんもおばあちゃんもいません。兄弟も」

「じゃなくって」

ヨージさんがふわふわともちあげた片手で、形のないものを示すような仕草をした。

「パパ、ってことですか？」

この人変なひとだなってあたしは思う。パパのことを聞くパパ。一体どんな話を求めているんだろう。悪口かな。代替になりたいものの、悪口を聞いて、自分がほめられたわけでもないのに得意になるひとってのが、いるんだろう。

「パパは小さい頃に死んじゃったんで。あまりもう、顔も覚えてないんです」

嘘、だった。いや嘘かどうかもわからない。今どうしているかわからないから、生きているか死んでいるかのフィフティフィフティ。丁か半かで、死んでたらいいなと思ってるから、死んでることにしてしまう。

「でもさ」

ヨージさんは目を細めて、歯を見せて笑って言った。

「マオちゃんの事は好きだったと思うよ」

あはは、とあたしは思わず下品に口を開いて笑ってしまった。さすが今の、パパ(暫定)。わかったような顔で代弁をする。好きってお手軽な消費だ。なんの責任も伴わない。ヨージさんはあたしの笑いをどういう風に受け止めたのか、頭をなでようとした。

「だってこんな可愛くていい子なんだから」

あたしはうまく身をくねらせて、その手から、逃げる。爪も髪も、あなたのためじゃないからさわらないで欲しかった。

そもそも、可愛くていい子、が、好かれるなら。

あたし達は神様に祈る必要なんかないはずだ。

唐突に、無性に悲しくなってしまって、「お父さんのことはあんまり覚えてないけど」と早口で話をかえた。

「昔の文豪で、似てる人がいたんです」

あたしはお箸の先で、弾力のないお刺身をさわりながら言う。

誰？　とヨージさんは聞く。

「太宰治（だざいおさむ）」

あたしは頬杖（ほおづえ）をつきながら言った。ヨージさんは不思議そうな顔をした。

「なに書いた人だっけ？　桜の木の下のなんちゃら？」

へらっと笑って答えた。全然違う〜ってあたしは笑って肩を叩く。全然違う。太宰治以外の文豪なんて、太宰治のことも、そんなに知ってるわけじゃないけどさ、それでも。

全然違う、と思った。なんにもわかんない。打っても響かない。

川島さんとは、全然違う。

あたしの鞄にはいつも、ふるぼけた文庫本が入ってる。レディディオールの鞄の底、ぼろぼろのその本は、中学校のバザーで買ったやつだ。一番薄かったから手にとった。ひとりぼっちの男のひとが、小さな路地に入っていく表紙で、太宰治の人間失格と書いてあった。有名な本なことぐらい知っていた。

表紙を開いたら、男の人の写真があった。こっちを見てない、頬骨の浮いたその、太宰治という人が、イエスキリストみたいだった。

あたしは何も信じていないけど、キリスト系の幼稚園で育ったから、神様と聞くと、主、というひとのことを思うのだった。

でも、その本に書かれていた神様はまったく違うものだった、気がする。人間だった。

はしがき、という冒頭から、第一の手記って書かれた最初の章まで行くのに、半年くらいかかったと思う。文字がなじまなくて、意味不明で。つまらなくて。

でも、スマホを摑(つか)んで家出をした夜に、はじめてその本を読み切った。神待ちをしながら、神様の本を読んだ。どうしようもない、人間の本を、好きになった。

その本はあたしを救った。いや、救ったかはわからないんだけど、頭がしびれてじーんとなった時に、その文庫の一文を思い出すと気持ちがしっかりしてくるのだ。

本当に不安定で、この世界からとんじゃいそうだった。そんなあたしを救ったのは、この、神経質そうな顔のおじさんで。こんなひとがあたしのパパならいいのにって思った。

ひとりぼっちの青春を、一冊の本が支えてくれた。そう言うと、すごい陳腐でしょ。現実って本当に、陳腐で恥ずかしい。

ヨージさんはお酒をがぶがぶ、がぶがぶがぶがぶ飲んだ。こんなに飲む人いるんだって思った。声ばっかりでかい早慶男子との合コン飲み放題だってこんなに飲むことないよってあたしは思う。

「とにかくパパ活はやめておきなさい」

と酔っ払って説教をした。あたしは眉を下げてとびきり悲しい顔をしてみせるのだった。ひとにやめろというまえに、まず先にあなた達がやめたらいい。市場って知らないの？　買う人がいないものは、世の中には売れないんだよ、ということは、思っても言わない。

これは、サービスで、労働だから。お説教って気持ちいいんだろう。気持ちよくさせてあげるのはあたしの仕事だ。

「でも、こうでもしないと出会えない人がたくさんいるんです。経験もあって、お金持っているひとって、結局忙しいじゃないですか。こういうきっかけをつくらないと、あたし達みたいのは、相手にもしてもらえないから……」

足先をぶらぶらとさせて、小首を傾げて言ってあげる。馬鹿のふりをしているうちに、きっと本当に馬鹿になるという確信がある。でも、馬鹿のままでなにが悪いんだろう。多分その方が幸せになれるんじゃないかな。考えたり、よくあろうとしない方が。少なくともママは、そんな風に生きてるんじゃないか。

あの暗い部屋で、ずっと横になって。

ママが、そうしていられるように、あたしはお金を稼いでいるんだと思う。

「犯罪なんじゃない？」

「えー、あたし悪い子です？」

罪状はなんだというのだろう。詐欺かな。それとも脱税かな？

「パパ活なんてやめたらきっといい子だよ」

「だから、パパ活なんかしてないですって〜！」

たとえばあなたがあたしにお金を払ったとして。それは、贈答だよ、ってあたしは心の中で賢しく答える。なにも知らない馬鹿だと思わないで欲しい。一括にすれば二十万もするスマホ、毎月一万くらい払って、なんなら格安ＳＩＭでもう一台も持ってるのに、検索も出来ないような馬鹿だと思わないで。

月十万の上限なんて、食事だけじゃほとんど届かない。あたしは自分を安売りしない。プレをいれたらこえちゃうかもしれないけど、あれはいらない、ものだ。別にもらってなんかない。

そういう、計算高いことは言っちゃいけない。言ってもいいことない。風紀委員みたいに正しいひとにつかまったら、「なにも知りませんでした」って泣かなきゃいけないから。

あたしはパパ活なんかじゃないって、叫び続けるしかない。

ああ、もうそういうの、全部がむなしくて、はやく終わってくれないかなとあたしは思い始めてた。夕飯を奢ってもらって、タクシー代込みで三をもらわないとやってられない。嘘、ほんとはタクシー代は別に欲しいけど。

「屁理屈を言うな！」

といきなりヨージさんは、激昂したように言った。ばん、と空のグラスを置くからびっくりしてしまった。

いつの間にか、ヨージさんはうなじまで真っ赤になっていた。

ありゃ。これは駄目だ。泥酔だ。あたしが悲しい顔をしたのがすぐにわかったんだろう。

「ごめん、ごめん。突然大きな声を出して」

とヨージさんは泣くみたいにしてみせた。涙は出てなかったけれど。目元をおさえ

てあたしの肩に馴れ馴れしく手を置いて、

「お前は俺が幸せにしてやるからな」

三文芝居みたいなことを言った。

あたしは、どんどんむかむかと、嫌な気持ちになってしまっていた。ここでうるっと泣いて「ごめんなさい。あたしなにもわかんなくて」って言ってみせるのがあたしの仕事だって頭ではわかっていた。

でも、本当にそんなことしなきゃだめ？

いくらくれるかもわからないのに。ううん、いくらもらったって。

お酒にのまれるような人は嫌いだ。だって、あたしが唯一覚えている「お父さん」の記憶は、お酒を飲んでママを殴りつけているところだった。

忘れるのだけは得意のはずなのに、嫌なことを思い出して、腹の底からムカついた。あたしのパパはもう写真の中の太宰だけだ。「帰る」と立ち上がる。豚まんの紙袋を蹴るようにして。

「えっ待って、待ってくれよ、マオちゃん、マオ！」

勝手に呼び捨てにしないで欲しかった。店外まで、あたしを追いかけてきた。夜の歌舞伎町、男と女がこじらせて、どっちがどっちを捨てたって、見世物にさえなれない町だ。

「行くな！」

ヨージさんが叫ぶ。本当に嫌になるような、三文芝居。恥ずかしくって、振り返れない。そんなの五万もらっても嫌だ。十万ならちょっと考える。

でも、ヨージさんはもう一回、声をはりあげた。

「行かないでくれ、マオウ！」

その言葉に、あたしは足を止めて、振り返る。

ヨージさんは、ひどく感極まったような顔をして、両腕を広げてあたしを受け止める、みたいに、しようとした。

黄色いTシャツを着た募金番組みたいに。

マオウ。その響き、怒号。お酒。あるいはとんちんかんなお土産の豚まん。いろんなものを思い出して、あたしは気がついたらヨージさんに駆け寄っていた。

「会いたかった、賢く可愛い、俺の――」

そう言いながら、ヨージさんはあたしを抱きしめようとした。

あたしは、あっはー！　って甲高いような笑い声をひとつ。レディディオールの鞄で、ヨージさんの頭を、力一杯横殴りにした。

あんまり強く振りかぶったから、取っ手が片方手からすっぽぬけて、中身が飛び散った。歌舞伎町のまちに、化粧品がきらきらととぶ。

あたしは身を翻して、宣言する。

「お前のだったこと、ないわ！」

ぶちまけられた、財布、化粧品、ハンカチに。

一冊の文庫本。

――人間、失格。

唐突に、いろんなことを合点して、気づいてしまった。そして烈火のごとく怒りだしちゃった。

「あたしの、パパは、死にました！」

あんたのせいで、あんたがちゃらんぽらんなせいで、ママは働きづめで、今もずっと寝てて起きてこられない。いや、もしかしたらヨージさんのせいじゃないのかもしれないけれど。

「二度と、あたしに、近寄らないで！」

よっくわかった、少なくとも、これだけは。

この男は神様なんかじゃないし、「人間失格」以下だってこと。

どこかに消えてしまった酒飲みの男より、一冊の文庫本の方があたしを救った。あたしを育てた。

それがわからない男を、あたしはもうパパとは呼ばない。


いつもよりボロボロになって帰ったあたしに気づいて、ママがすごく珍しく、寝床からはいでてきて、「どうしたの」と聞いた。「ママは病院に行って！」とあたしは泣きながら叫んだ。

「もっと、たくさん病院に行って、自分のこと、大事にして！」

あたしじゃ全然足りないから。なんにもできないから。

大事にして、もっと。大事にされて、もっと！

言いたかったことはたくさんある。忘れてしまった父親の名前とか、豚まんが好きだった？　とか。でもそんなのもうどうでもいいから、とにかく大事にして欲しかった。

それからママは、あたしの観測範囲の中でも、少しだけ起きていられるようになった。定期的に病院に行くようになったし、とりあえず、家の電気は明るくなった。

没交渉なのはかわらないけれど。ママはママの暮らしでいいし。あたしはあたしで、ママを楽にさせてあげられなくてごめんなさいって思いながら、ママの神様は別にいたらそれでいいとも思っている。

あたしがディオールのリップをあげた子は、そのあと街からいなくなったと聞いた。どこか別のところに行っちゃったのかもしれないし、もしかしたら優しいお家にかえったのかもしれない。でも、どこにも行けないいんじゃなくて、どこかに行ったんならいい。それならいいとあたしは思った。巻いたことのない髪には髪の、塗ったことのない爪には爪の、生き方があるはずだった。チルチルミチル。

チルアウトなんて一生しないで。青い鳥を見つけられたら、いいね。

それだけがあたしたちに出来る唯一の抵抗だろうってあたしも思うんだ。

――神に問う。無抵抗は罪なりや？

罪でも罪じゃなくても関係ない。あたし達は抵抗をするべきだ。生きている限り。

そのあと、あたしは、デートクラブのアプリをアンインストールした。ＳＮＳは消さなかったけれど、開かなくなってしまえば一緒だった。そろそろ就職とか考えようと思って、と仲間に言ったら、しらけた顔で、でも「まあそんなもんだよね」と解散した。

あたしにはなにも残らなかった。鞄も、もっと大きいものにかえた。でも、その底には今も、人間失格の本が残っているのだ。

それでいいような気がした。

パパ活をやめても、ネイルサロンに行くことだけはやめられなかった。

ここでネイルをしている間だけは、あたし、馬鹿じゃない女の子でいられたから。

「川島さん」

川島さんのすすめてくれた、新興宗教の、粘土アニメみたいな映画を見ながら、あたしはオフしたばかりの生爪で、きゅっと川島さんの手をつかんで、言った。

「この仕事、好き？」

川島さんは、あたしの指先を見下ろしていた。でも、振りほどこうとはしなかった。

そしてそのまま、あたしの指をじっと見たままで、言った。

「あんまり好きじゃないですね」

その答えは、少しだけ意外だった。きっと、好きで、好きでたまらなくて、やっているのだろうと思っていたから。どうして、とあたしが聞く前に。

川島さんは言った。

「好きな人が、他に好きな人に会いに行くための爪をつくるのが、私の仕事なので」

その言葉に、あたしはいよいよ、ぎゅううっと、顔をしかめる。きっとブサイクだろうけど、ブサイクなままでよかった。

「行かないよ」

あのね、あたしはもう、ここから、新宿にも渋谷にも銀座にもね。

「どこにも行かない」

あなたに会いにきてるんだから。

お願い川島さん、あたしにあなたの名前を教えて。

予約画面でとうの昔に知ってると思うけど、あたしは麻黄って書いてマオウって読む。昔からマオウって変な名前だって、すんごいいじめられてた。なんでこんな名前つけたのってママに聞いたら、さぁ、パパが勝手につけたのよって。

神様はいつだって勝手だよね。だからあたしも、勝手にさせてもらってもいい。

あたしはぎゅっと、川島さんの手を握る手を強める。

ねぇ、神様なんてもう、待ちぼうけさせておこう。

あたし達は、あたし達だけで。もっともっと、賢くなっていいはずだから。

深夜0時の司書見習い　～注文の多い図書館～

近江泉美

「深夜0時の司書見習い」シリーズ紹介

近江泉美

イラスト／おかざきおか　メディアワークス文庫

不思議な図書館で綴られる、本と人の絆を繋ぐビブリオファンタジー。

高校生の美原アンが夏休みにホームステイすることになったのは、札幌の郊外に佇む私設図書館、通称「図書屋敷」。不愛想な館主・セージに告げられたルールを破り、アンは真夜中の図書館に迷い込んでしまう。そこは荒廃した裏の世界――〝物語の幻影〟が彷徨する「図書迷宮」だった！

迷宮の司書を務めることになったアンは「図書館の本を多くの人間に読ませ、迷宮を復興する」よう命じられて……!?

美しい自然に囲まれた古屋敷で、自信のない少女の〝物語〟が色づき始める――。

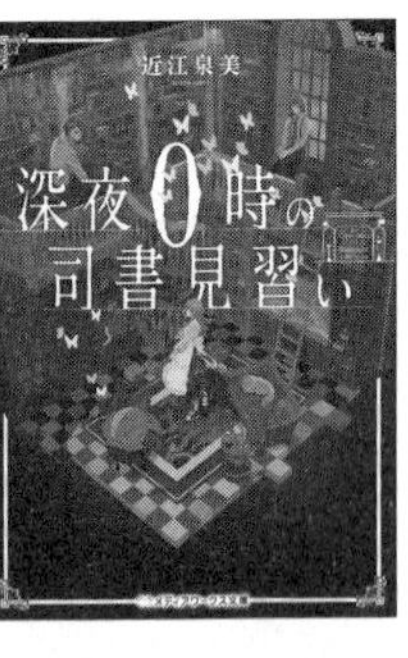

1～2巻発売中

「――〝もうもとのとおりになおりませんでした〟。おしまい」

　本を読み終えると、くすくすと明るい笑い声がした。

「かおが紙くずみたいって、おかしいの」

「怖い思いをしたからな。自然を軽くみたからばちが当たったんだ。愚かさを顔に刻まれて生きていくなんて可哀想（かわいそう）にな」

　教訓を語ると、膝にのせた子どもは目をぱちくりさせた。

「そんなことないよ。こわい目にあったけど、おうちにかえれたよ。だから紙くずのおかおはね、くんしょう！」

　底抜けに明るい笑顔に目を奪われた。同じ物語に触れているのに、この子にはまったく異なる風景が見えている。

　のびやかで、朗らかな感性。その清らかな心根はどこから来るのか。

　膝に抱いた我が子はひだまりのように温かかった。日常の、なんてことのない一ページ。こんなにも幸せな時間があったことに気づかなかった。

　幸せだと気づくのは、いつも失ったあとだ。

1

それは現在より数十年前。テレビが娯楽の真ん中で、携帯電話が広まる前のこと。札幌にどうしようもない男がいた。

歳は四十手前、くたびれた背広に酒の臭いをぷんぷんさせ、平日の昼間から千鳥足で建物に入っていく。すえた臭いにすれ違う人は顔をしかめ、母親は子どもを抱き寄せた。「やだ、今日も来た」「みったくないね」「しーっ、聞こえるよ」——男のあとを声が影のようについてくる。酔っ払いが来る場所ではないといいたいのだろう。

建物はアーチ型の高い天井をして、シャンデリアが輝いていた。深紅の絨毯が敷き詰められた廊下には木製の大扉がずらりと並ぶ。十九世紀末にお雇い外国人が建てた洋館は華美すぎず品がいい。薄汚れた身なりには不相応な場所だが、男にはこの場に留まる権利があった。

「なに見てんだよ。おれが本読んじゃ悪いのか、ええ?」

ろれつが回っていなかったが、効果はてきめんだ。人々は嫌な顔をしながら、そそくさと離れていった。

ふんっ、と鼻を鳴らし、男——三郎は溜飲を下げた。

ここは〈モミの木文庫〉という私設図書館だ。立派な擬西洋建築から図書屋敷の名で親しまれている。誰でも気軽に立ち寄れる、地域の娯楽施設である。

平日の昼下がりにうろつく働き盛りの三郎は悪目立ちしたが、そんな視線にももう慣れた。廊下の喫煙所のソファにどっかり座り、懐からスキットルを引っぱり出す。

その拍子に同じポケットから厚紙のカードがばらばらと落ちた。

厚紙に書籍名が太字で書かれ、日付と氏名を記入する表がある。図書館の貸出カードだ。受付に置いてあるのを見て、いたずら心から失敬してきたのだ。

三郎は床に散らばった貸出カードを集め、しげしげと書籍名を眺めた。

「どれどれ……なんだ、つまらん作品だらけじゃないか」

貸出カードを捲っては冷笑した。本も本なら、借りるほうも借りるほうだ。偉そうに角張った字、尾長鶏みたいにはねやはらいが長い気取り屋の字。氏名欄に綴られた手書きの署名を見れば、本を借りた人間の顔が目に浮かぶようだ。

ふと、一番下に書かれた氏名に目がとまった。松谷芽衣子。丸っこい鉛筆書きの字はいかにも小学生らしかった。まとめて本を借りたようで、貸出カードの数枚は同じ氏名で終わっていた。なにを読んでいるのか気になって確認すると『宮沢賢治童話集

1』とある。他のカードもどれも宮沢賢治の本ばかりだ。

「なんだ、荒野穣次はないのか……」

「やっぱり〈図書の神様〉よ！」

肩を落としたとき、興奮した声が響いた。廊下の向こうから足音が近づいてくる。

三郎は貸出カードを懐にねじ込み、ソファに横たわって狸寝入りをした。

「頼んでよかったでしょ。私も選んでもらったけど、いま読みたい本……ううん、私に必要な本だった」

「でも、どうしてこんなにぴったりな作品を選べるんだろうね」

「そりゃあ〈図書の神様〉だもの。本のことはなんでもご存じ、あんたのこともお見通しってね」

やだあ、とかしましい声が遠ざかっていく。三郎はおしゃべりが消えるのを待ち、ソファに仰向けになった。

「図書の神様ねえ」

館長のことだろう。美人だがすこぶる目つきの悪い女で、博識で面倒見がいいと評判だ。三郎がくだを巻こうが高いびきをかこうが、注意するに留める寛容な人柄である。だがそれもこれまでだ。ここ数日、三郎は立て続けに問題を起こしていた。無断で持ち込んだ酒瓶を割り、利用者につっかかり、酔って大声でわめきちらした。次に見つかれば最後、図書館からつまみ出されるに違いない。

ぶるっと身震いして、三郎は背広の襟を立てて丸くなった。

くたびれた背広から安酒とヤニの臭いがした。いがらっぽく、すえた臭い。体臭と混じったそれはひどく不快で、腐った果実のような芳香を放っていた。体に染み付いた堕落の匂いは心地よく、瞼が重くなっていく。

眠りに落ちるとき、真っ白な犬が駆けてくるのを見た気がした。

がっしりとした脚が音もなく深紅の絨毯を蹴る。狼のように大きな犬が霧を引き連れてこちらへやってくる。白い犬は一冊の本を咥えていた——

はっとして目を開けると、視界いっぱいに太い緑の茎があった。

濡れた土を頬に感じる。朦朧としながら体を起こすと、三郎はなぜか、せいせいと伸びたフキが群生する雑木林にいた。

「どこだ、ここは」

さっきまでソファで寝ていたはずだ。あたりをきょろきょろすると木々の向こうに図書屋敷の屋根を見つけた。ははあ、と三郎は口の端を歪めた。

「俺が寝入ってる間に放り出したってことか、やってくれるじゃないか」

これしきのことで追い払えると思ったら大間違いだ。

千鳥足で屋敷へ戻ると、辿り着いたのは見たことのない玄関だった。方角からして建物の裏口だろう。白い瀬戸の煉瓦で組んだ立派なもので、ガラスの開き戸がある。そこに金色の文字でこう書かれていた。

〝どなたもどうかお入りください。決してご遠慮はありません〟

「妙に立派な裏口だな。こんなだったか？」

怪訝に思いながら中に入ると、数歩も行かないうちに扉にぶつかった。

「ちっ、北海道はみんなこうだ。寒風が入らなくてけっこうだが手間だな」

ぶつぶつ言いながらドアノブに触れたとき、扉の上の黄色い文字に目がとまった。

〝当館は注文の多い図書館ですからどうかそこはご承知ください〟

三郎は文言を睨めつけ、かーっ、と喉を鳴らした。

「人気の本ばかりで貸出注文も絶えませんってか！　自分で言うなんて、いやらしい図書館だ」

早いところソファで横になりたかったが、廊下の先にあったのはまたしても扉だった。脇に鏡がかかっており、鏡の下には長い柄のついたブラシが台に置かれている。

さらに扉には赤い字で〝お客さま、ここで髪をきちんとして、それからはきものの泥を落としてください。〟とあった。

「大切なご本を泥で汚されては困りますってか。いつからこんなお高くとまったことを言うようになったんだ。それともお偉いさんでも来館して……」

　不意に脳が揺れるような感覚がして、三郎は真顔になった。

「そうだ……著名人が集まってるんだ」

　扉の向こうから談笑が響いていた。「荒野穣次」と囁く声が聞こえ、全身が震えた。偉い先生や重鎮のお歴々、まずお目にかかれない有名人たちを待たせていると思うと緊張で心臓が縮んだ。

　臆することはない、俺の晴れの舞台じゃないか。

　三郎は頭髪を整え、靴とズボンについた泥を落とした。意を決して扉を開けると、扉の内側に〝鉄砲と弾丸をここへ置いてください。〟と書かれている。

「鉄砲？　なんでこんなことを……まあ、いいか」

　頭がぼんやりして、疑問は考えるそばからとけていった。ポケットを探るとじゃらじゃらと音がして、ガラスのおはじきとウサギの人形が出てきた。

　十センチほどの小さな人形はサマードレスを着て、耳にカンカン帽をひっかけている。大切なものだが会場に持っていくわけにはいかない。

三郎はおはじきと人形を扉の前の台に置いた。

「でも、これであいつを幸せにしてやれる」

歩きながら、自身の言葉に首をひねった。

あいつ？　あいつって誰だ。

なにかが記憶に触れかけたとき、正面の扉に書かれた文字が目に飛び込んできた。

〝壺のなかのクリームを顔や手足にすっかり塗ってください。〟

「やっぱりおかしいぞ。それにどこかで聞いたような話だな……」

こんな童話を読んだことがある。そう思い至った瞬間、呆れて声が出た。

「なんだ、俺は夢を見てるのか！」

どうりで扉ばかりで会場に着かないわけだ。

このあとはどんな展開だったか思い出そうとしたが、うまくいかなかった。覚えているのは読み終えた時のほのかな恐怖と鮮烈な驚きだけ。しかし特筆することでもないだろう。子ども時代はすべてが目新しく、驚きに満ちているものだ。経験を積むにつれ、それがいかに平凡でありふれたものかを知る。つまらない。ありきたり。味気ない。世の中はくだらないもので溢れている。

〝いろいろ注文が多くてうるさかったでしょう。お気の毒でした。もうこれだけです。どうかからだ中に、壺の中の塩をたくさんよくもみ込んでください。〟

いくつかの扉を抜けたとき、そんな言葉が現れた。その瞬間、三郎は脳天を貫かれたような衝撃を覚えた。

「そうだ、注文」

言葉が呼び水となり、忘れていた物語が脳裏を駆け巡った。

都会から来たふたりの狩人が腹を空かせて山中をさまよっていると、しゃれた洋食店を見つけるのだ。ふたりは店に入るが、そこは扉ばかりで開けるごとに『注文』が現れる——宮沢賢治の『注文の多い料理店』だ。

すべてを思い出し、全身から冷や汗がどっと吹き出した。

「な、なんで思い出せなかったんだ、注文は向こうがこっちにつけてるんだ……やってきた人間を、たたたたた食べるために」

後退りしたとき、正面の扉の鍵穴からぎょろりと目玉が覗いた。

三郎は叫び、もと来た扉に飛びついた。ところが押しても引いても扉はびくともしない。慌てる様を嘲笑うように鍵穴からくすくすと嗤い声が響いた。

「い、いやだ、食べないでくれ……！」

三郎は震えながら壁にへばりついた。これから待ち受ける運命はあまりにおそろしく、震えが止まらなくなった。

正面の扉が勢いよく開き、真っ黒なものが見えたかと思うと、三郎はものすごい力で室内へ引きずり込まれていた。痛みにうめく暇もなく、ずしりと重たいものが全身にのしかかる。

真っ暗闇の中、人の何倍も大きな獣の前脚ががっちりと三郎を摑んだ。

「おお、酒臭い。どこからまぎれこんだんだ？」

高く、低く、千のガラスに爪を立てたような不快な音が空気を震わせる。

三郎は握り潰される痛みと恐怖に吐きそうになりながら、ぎゅっと目を瞑った。

こんなの夢だ、現実じゃない。怪物がいるはずがない、悪夢を見てるんだ。

念じるように胸に繰り返したとき、ぼとり、とぬるいものが顔に落ちた。怪物のよだれは吐き気をもよおすほど臭く、三郎は嫌というほど理解した。

痛みも臭さも本物だ。終わりだ、食われる、おしまいだ。

牙が触れ合うおぞましい音がして、ついにその尖った先端が三郎の首に触れた。

「やい、オマエ。カードを出せ」

目を閉じて震えていると、また不気味な声が響いた。

「聞こえただろ、その胸ポケットに入ってるやつだ」

巨大な脚が浮いて拘束が解けた。暗闇の中、三郎は呆然としながら体を起こした。震える手で胸ポケットを探ると、貸出カードの束が出てきた。

盛大なため息が聞こえ、生臭い息が三郎にかかった。

「やっぱりな。そのカードは普段、本の見返しにつけたポケットに挿してある。ニンゲンが蔵書を借りるときに日時と氏名を書いて受付に提出するのさ。本をお借りしますっていう神聖な契約書だ。それを勝手に持ち出すとは……だからオレ様の庭に迷い込むんだ。失せろ、とっとと帰れ」

しっしっ、とあしらわれ、三郎は思わず不気味な声のほうを見上げた。

「食べないのか、俺を」

「気色悪いこと言うな。オマエ、図書屋敷に来るのんべえ親父だろ？　知ってるぞ、毎日酒の臭いをぷんぷんさせて、ヘタクソな歌を歌うわ、どこでも寝るわ、プープーおならするわ。この頃は利用者に絡んだり酒瓶を割ったり、目に余るじゃないか」

なんでそんなこと知ってるんだ、神や仏でもあるまいし――

そこまで考えて、三郎は息をのんだ。

「図書の神……？　まさかあんた、いや、あなた様が〈図書の神様〉ですか⁉」

「なんだって？」

三郎はその場にひざまずいた。摩訶不思議な空間に異形の存在がいて、ここは我が庭だと語る。人知を超えた存在であることは疑いようがない。

「う、噂は聞いていたのです、図書屋敷にはぴったりの本を選んでくれる図書の神様がおわすと。酔っていたとはいえ私はなんという無礼を……！　さぞ名のある神様であらせられるのでしょう、どうかお許しください、このとおりです」

三郎が震えながら平伏すると、この世ならざるものの声が響いた。

「ほう、オレ様はそんなに有名か。賢くて麗しくてナウくてマブいって？　どれも事実だが、まあ、悪い気はしないねえ。顔を上げろ、許してやる」

「慈悲深きお言葉、恐悦至極に存じます。偉大な図書の神よ」

「うむ、くるしゅうないぞ。せっかく来たんだ、ちょっとしたお願いなら聞いてやらないこともない。なにせオレ様は偉大な神だからな。本に関することなら、なんでもひとつ答えてやろう。ほれ、言ってみろ。なにが知りたい？」

めっそうもない、と断りかけて三郎は考えを改めた。こんな機会は二度とない。

「で、では世界一面白い物語をお聞かせいただけないでしょうか。誰も知らない物語、海外のものでも、大昔に忘れられた作品でも構いません。〈世界一面白い話〉が聞きたいです。……難しいでしょうか？」

「雑作もないね。しかしこの姿じゃ、ちっとばかり動きにくいな。あのむかつく犬っころ対策だったが、まあいい、もとの姿に戻るからしばし待て」

言い終わらないうちに、カッ、とまばゆい光が満ちた。三郎はたまらず顔をそむけ、手で遮った。あたりに広がる闇が晴れ、光が一点に集中していく。

「よし、いいぞ。行くとしようか」

山のように大きく逞しい神だ、さぞ神々しいお姿に違いない。三郎はどぎまぎしながら声のほうを窺い、ぽかんとした。

そこにいたのは、太った猫だった。

鏡餅のように膨らんだ頬に眠そうな目つき。猫、と呼ぶにはだいぶ肉が多く、キジトラ模様とあいまって漬け物石のようにも見えた。

「ところでオマエさん、名前は？」

「え？　あっ、松谷三郎です」

「よし、ついてこいサブローさん。オレ様が世界一面白い話を見せてやろう」

商店街のおやじのようなだみ声だが、口調はさきほど耳にしたものと同じだ。しかし三郎はにわかに信じられなかった。

「あのう、神様でいらっしゃいますよね……？」

「そうだ。なんか変か？」

「めっそうもございません！　ただその、お姿がだいぶ変わったもので」

とたんに猫は金の目を鋭く光らせた。

「オレ様の腹には触らせんぞ。頼んだってだめだ、このもちもちを求めるニンゲンの多いことといったら！　どいつもこいつもフケツだ！」

神様は背中の毛を逆立てて、短い尻尾を神経質に揺らして歩き出した。

「行くぞ、〈図書迷宮〉を案内してやる。オレ様から離れるなよ、ここではケガもするし、命を落とすことだってある」

三郎はキジトラ猫の姿をした神様のあとに続いた。はじめは不安とおそろしさがあったが、次第に胸の奥からじわじわと別の感情が湧き上がった。

すごいぞ、九死に一生どころじゃない。本の神様が世界一面白い物語を聞かせてくれるなんて。

このネタを頂戴して、俺を捨てた連中を見返してやる。

2

荒野穣次。それが少し前までの三郎の名前だった。

三郎は小説家だった。ある新人賞で佳作を取り、半年後に手がけた雑誌連載が好評を得て書籍化。著名人が取り上げたことで一躍話題の本となった。

流行に敏感な編集者が放っておくはずもない。出版社はこぞって荒野穣次の新作を欲しがった。荒野は毎晩のように編集者と銀座にくりだした。遊び慣れてくると気前よくホステスにご馳走（ちそう）し、友人や新人の悩みを親身に聞いた。ギャンブルを覚えたのもそうした付き合いの中でだ。

刺激的で充実した日々。誰もが人気作家荒野穣次を慕い、一目置いた。だが、栄光は長続きしなかった。

満を持して発表した三作目はぱっとせず、趣向を変えた四作目はこけ、五作目は話題にもならなかった。数年と経（た）たずに人気は陰り、荒野穣次の名を口にする者はいなくなった。ほそぼそと原稿依頼はあるものの、生活費には足りない。

しかし一度覚えた遊びをやめることはできなかった。

金遣いの荒さから妻とケンカが絶えなくなった。支払いが滞るとホステスは渋い顔をし、借金取りの電話やファックスが昼夜鳴り響いた。可愛がってやった後輩も、友人だった連中も三郎から距離を置いた。それでも生活を変えられず、度重なる金の無心に親族から縁を切られ、妻は離婚届と子どもを残して一人姿を消した。

もう東京でやっていくだけの資金も気力も尽きた。つてを頼って逃げるように札幌へ移り、安アパートを借りて塾講師のアルバイトで暮らしを立てた。だがこの生活も限界だ。鬱々として息苦しい。悪夢のような現実から逃れようと昼間からスキットルを片手に図書館で高いびきをかき、夕方に家で倒れ込む毎日だ。

俺が悪いんじゃない、全部時代が悪いんだ。

キジトラ猫に続いて薄暗い空間を歩きながら、三郎は唇をきつく結んだ。

現代の活字離れは深刻だ。若者は本を読まず、サラリーマンは軽薄なビジネス雑誌をありがたがる。流行りの文学といえば「ぼく」やら「わたし」を主人公にした私小説もどきばかりで、暇を持てあました主婦たちがカルチャーセンターに通い、未来の女流作家を夢見る始末だ。

世の中教養のない連中だらけだ、俺の作品を理解する知性がない。もっと高尚な本を読め、こんな軟弱な作品が氾濫したら日本の出版界はどうなってしまうんだ。

「そろそろ着くぞ」

暗澹たる気持ちになったとき、神様が言った。薄暗い通路の先に光が射していた。

そういえば、ここはどこなんだ？

三郎は自分のうかつさに呆れた。物思いに耽っている場合ではなかった。そうこうするうちに通路を抜け、まばゆい光が降りそそいだ。

三郎は目をしばしばさせながら周囲を見回し、束の間、我を忘れた。

まるで白亜の宮殿のようだった。漆喰で装飾された壁も高く聳える石柱も白一色で、金細工に飾られた純白の書棚がずらりと並んでいる。しかし天井には青空が広がり、雲が床に影を落として流れていく。書棚にかけられたはしごは黄金の木で、咲き乱れる可憐な花から甘い香りが漂っていた。

この世のものとは思えない白亜の空間を前に三郎は口をぱくぱくさせた。

「あ、あの神様、ここは……」

「〈図書迷宮〉だと言ったろ」

「ですから、その迷宮とはなんなのです？」

「図書屋敷のもう一つの顔だ。オマエさんが通ってるのはフツーの図書館じゃない。屋敷の蔵書には命が宿っていて、ニンゲンに読まれることで夢を見るのさ。書籍の夢は混ざり合い、この迷宮が生まれた。図書迷宮はニンゲンの想像力を糧に無限に変化し、一刻として同じ景色は存在しない」

ちんぷんかんぷんだった。いくら神様の言葉でも、本が夢を見るだの、その夢の集合体が迷宮だの、とっぴすぎてついていけない。

三郎は懐からスキットルを出して、大きく呷(あお)った。

「なんと言ったらいいのか、あー……ヒック、私、酔ってまして」

「いいから本棚を見てみろ」

白い書棚は無数の光で彩られている。よく見れば、本自体が輝いていた。陽だまりのように暖かい色のもの、線香花火のようにパチパチと瞬(またた)くもの。あるものは透きとおったエメラルドグリーンに、またあるものは暮れなずむ空のように、それぞれが異なる輝きを放っている。

他の書棚も覗いたが、同じ輝きはふたつとしてなかった。それどころか書棚の前を通るたびに軽快な音楽や話し声、蜜のような香りや夕餉(ゆうげ)の匂いがたちのぼった。

本の息づかいさえ聞こえてくるようで、三郎はぞくりとした。

「こんなにも妖しく美しいものがあるなんて」

その先は言葉にならず、ため息となってこぼれた。

白亜の書棚の群れは果てなく、地平まで続いている。そのすべての書棚に命を持った蔵書が収められているのだと思うと、胸がいっぱいになった。

「これが神様の本なんですね」

「感動するのはまだ早いぞ」

「これ以上のものがあるのですか？」

「本番はこれからさ。オレ様から離れるな、迷子になったら一生出られないと思え」

神様は鼻先を上に向け、ぺろりと空気を舐めて歩き出した。

三郎はふかふかの絨毯をおっかなびっくり踏みながら、神様から離れないように注意した。美しい光景は見飽きることがない。うっとりしてあたりを眺めていると、絨毯を踏む感触が硬い石に変わった。直後、強烈な冷気が三郎を襲った。

「うわ、なんだ!?」

全身に氷を押しつけられたようだった。背広を体に巻きつけたが、冷気は襟足や袖口から忍び込み、容赦なく皮膚を刺した。一歩進むごとに体温が失われ、吐く息が白煙のようにたなびく。神様が嬉しそうにふくよかな体を弾ませた。

「おお、寒い寒い！　こりゃいいい」

「こんなに寒いのになにが――」

言いかけたとき、三郎の鼻先をトップハットをかぶった紳士が横切った。ぎょっとする暇もなく毛皮のコートの婦人とぶつかりそうになり、慌てて身をねじった。

三郎は正面に顔を戻し、愕然とした。大勢の人がこちらへ押し寄せてくる。あっという間に人混みにのまれ、ぶつかり、足を踏まれ、もみくちゃにされた。一瞬前まで白亜の図書室は無人だったはずだ。忽然と人間が湧き出したとしか思えない。

這々の体で壁際まで逃れて群衆を振り返ると、どの人も見ようとすればするほど輪郭がぼやけ、顔がわからなくなった。

「どうなってるんだ」

「本の作品世界に入ったのさ」

三郎の足の間から、むっちりとしたキジトラ猫が顔を出した。神様は三郎を風よけ兼湯たんぽ係にして、居心地がよさそうに目を細めた。

そのときになって三郎は風景が一変していることに気がついた。

鈍色の空から雪が降っていた。石と煉瓦で作られた建物が壁のように立ち並び、石畳を打つ蹄の音が鈍く反響している。空気はいがらっぽく、雪と煙の匂いがした。

「マッチはいかがですか」

どこからともなく清らかな声が響いた。

灰色の群衆の中に不思議と輝いて見える少女がいた。ぼさぼさの金髪に血の気の失せた顔。みすぼらしい身なりのその娘は裸足(はだし)で、エプロンにくるんだマッチ棒を道行く人に薦めている。しかし足を止める者はない。

灰色の人に押しやられ、少女は尻もちをついた。散らばったマッチを拾い、呆(ほう)けたように通りの民家に顔を向ける。大きな窓の向こうには暖かな光が満ち、まばゆいばかりに輝くクリスマスツリーとごちそうの並ぶ食卓があった。

クリスマスにマッチを売る少女といえば、よく知られた物語がある。

三郎はかじかむ両手の指に息を吹きかけながら足元のキジトラ猫を見た。

「アンデルセンの『マッチ売りの少女』みたいな状況ですね」

「そりゃそうさ、ここは『マッチ売りの少女』の物語の中だ」

「はい？」

「正確に言えば、その作品を読んだニンゲンたちの想像力の結晶だな。『マッチ売りの少女』を読んだニンゲンの数だけイメージが生まれ、混ざり合ってできた世界だ。サブローさんはその中にいるのさ」

神様は得意げにヒゲを揺らした。

「ただ蔵書を読むだけじゃだめだ、心躍る読書じゃなきゃ。そうやって何十人もの想像力が集まり、作品世界は成長する。これぞ図書迷宮の神髄さ」

「イメージにしては寒すぎませんか」

「直近で読んだニンゲンの影響さ。これほど鮮明に寒さを思い描けるなんて、とんでもなく豊かな想像力の持ち主だぞ。いいねえ、才能がある」

三郎はむっとした。神様が他の人間を褒めるのが面白くなかった。

なんだ、このくらい。小説で身を立てる俺からすれば大したことがない。南国の人間だって冷凍庫を知っていれば、この程度の寒さを表現できるだろうよ。

しらけた気分であたりを眺めると、急速に風景の色が失われ、平面的に思えた。ヨーロッパ風の町並みはありきたりだ。通行人は灰色の波で個性もなにもない。

やっぱりな、どこを見ても取るに足らないじゃないか。

溜飲を下げたとき、ふと、マッチ売りの少女に目がとまった。

少女はおかしな立ち方をしていた。遊んでいるのか、両の土踏まずを浮かせ、足の側面だけで立っている。体がふらふらして危なっかしいが、今度は片足立ちになり、足の裏をふくらはぎにすりつけた。

それを目にした瞬間、三郎は脳天を殴られたような衝撃を受けた。

違う、地面が冷たすぎるんだ。

石畳は氷の板同然だ。足の皮が破れるような寒さから逃れようとして奇妙な立ち方になってしまうのだ。同じように足をかばって立つ少女を知っている。

突風が粉雪を吹き上げ、マッチ売りの少女がよろめいた。

強風に耐える小さな背中に三郎の心は乱された。

ぼろきれのように痩せ細った娘を誰も気にかけない。震える小さな手がマッチを差し出しても無視し、誰もが少女など存在しないかのようにふるまう。

やがてマッチを持つ手が力なく下ろされた。少女は青ざめ、疲れ果てていた。

絶望する少女をよそに町は残忍なほど美しかった。

水彩画で描かれた町並みを綿飴（わたあめ）のような光のもやが優しく照らした。しんしんと降る雪は六角形や花の形をした氷の結晶で、吐く息までもが小さな結晶となって散っていく。幻想的な風景は孤独に凍える少女の姿さえ美しくみせた。

三郎はふらりと歩き出した。足が自然と少女の許へ向かっていく。そのとき、雑踏の中に小さなウサギの人形が転がっているのが目に入った。

ぎくりとして、その場から動けなくなった。

雪に埋もれた十センチほどの小さな人形はドレスを着て、片方の耳にカンカン帽をのせている。ハルニレファミリーというキャラクターだ。ドールハウスと家族がセットになった子どものおもちゃで、女児の間で大流行している。

ドクドクと脈動が鼓膜を叩いた。

なんであれがここに。ここにあるはずがない、だってあれは。あれは――

「どうしたんだい、ぼーっとして」

はっと我に返ると、足の間に座った神様が三郎を見上げていた。

返事ができなかった。脳裏に小さな人影が浮かび、赤いショールが翻る。とたんに悲しみが鋭いナイフのように胸を刺し、息ができなくなった。

だめだ、思い出すな。

三郎は懐から乱暴にスキットルを取り、中身を喉に流し込んだ。体は温まるどころか震え出し虚しさばかりが募ったが、むりやり口の端を吊り上げた。

「へへ、寒くてかないません。神様、早く出ましょうよ」

「ここからが盛り上がるところじゃないか。見てからでも遅くないだろ？」

「そんなに待てません、酔いが覚めてしまいます～～！」

三郎がすがりつこうとすると、小さな神様は猫パンチでその手をはたいた。

「ええいっ、触るな、酒臭ちゃいぞ！」

三郎はへらへらと笑った。酒とタバコの臭いが染み込んだ背広はなんともいえない悪臭を放っている。悪夢のような服は着ているだけで悪酔いしそうだった。

神様についていくと、冬の町並みがほどけはじめた。風景がかすみ、雪の下から芽吹くように白亜の柱や立派な書棚がすくすくと伸びる。気がつくと三郎は花の蜜が香る神秘の図書館に戻っていた。

安全な場所に帰ってきたとわかると、不思議な体験を振り返る余裕が生まれた。生きた絵画のような世界だった。残忍なほどの寒さと少女の孤独。忘れがたい情景に胸がどきどきした。

「その顔はお気に召したようだな。本は一冊でひとつの世界だ。ここに保管された書籍の数だけ、いまサブローさんが見たような世界が広がってる」

「一冊ごとにさっきみたいな空間があるんですか？」

「そうだとも。遠い過去から彼方の未来、原始の地球から銀河の果てまで、古今東西のあらゆる物語が揃ってる。な、面白いだろう？」

少し味わっただけだが、五感どころか魂まで揺さぶられるようだった。現実よりもリアルで鮮やかな世界が星の数ほどあるのだと思うと、少しおそろしくもあった。

「それが本当なら、とんでもないことでございます」

「心配いらんぞ。オレ様がとびきりの物語に案内してやる」

畏怖を覚える一方で、三郎の胸はどうしようもなく高鳴った。

子ども向けの本であれだけ立派なものが見られたんだ。〈世界一面白い話〉なら圧巻の世界を味わえる。もし、その本の内容を持ち帰ることができたら。

すごいぞ、みんなこぞって読みたがる。大ヒット間違いなし、荒野穣次の名は日本中に知れ渡るぞ！

期待に胸を膨らませる三郎を横目に、キジトラ猫はニタニタと笑っていた。

3

白亜の迷宮は距離も時間もあいまいだ。書棚の並びも空の色も刻々と移ろい、自分がどこにいるのかも、わからなくなる。そして変化はいつも唐突だ。薄暗くなってきたかと思うと絨毯が柔らかな草原に変わり、むっとするような草いきれに包まれた。

三郎は夜の田園風景の中にいた。

おぼろ月がぽっかりと浮かび、湿気を含んだ空気に虫の音が溶けている。またしても図書迷宮から別の物語の中へ迷い込んだようだ。

「神様、今度はなんの本です？」

「さあてな。〈登場人物〉が近くにいればわかるんだが……お、あれか？」

あぜ道の先にくたびれた水車小屋があった。小屋に近づくにつれて本の神様の耳が忙しなく跳ね、背中や尻尾の毛が逆立った。異変は三郎の耳に遅れて届いた。

激しい弦楽器の音色が小屋から響いている。甲高い音と重低音が嵐のように渦巻き、窓や壁の隙間からパチパチと青い火花がこぼれた。ドタバタと暴れる音も聞こえ、ただごとではない様子だ。

その音がふっと途切れ、静けさが訪れた。次の瞬間、絶叫があがり、小屋から三毛猫が走り去っていった。

神様がぶるっと身震いした。

「『セロ弾きのゴーシュ』だったか。災難なミケちゃんだ」

「ああ、宮沢賢治ですか……」

三郎は落胆を隠せなかった。知りたいのは日本では無名の、世界一面白い話だ。誰もが知る有名な童話などお呼びではない。

三郎の目論見など知るよしもなく、神様はのんびりと言った。

「フレッシュな想像力が流れ込んだばかりだからな。ほれ、サブローさんが失敬した図書の貸出カード。あれに賢治の作品があったろ。読まれたてのホヤホヤさ」

神様は自明だとばかりに語ったが、三郎には仕組みがわからなかった。

「チェロの音はヒゲに響いて好かんな。どれ、場所を変えるか。それにしてもきれいな田園風景だ。いい想像力が吹いてるね」

あぜ道を歩きながら、神様は気持ち良さそうに夜風の匂いを嗅いだ。

空には大きなおぼろ月と色とりどりの星が瞬いていた。田畑は月の光で青く光り、カエルや虫の声が涼やかに響く。

夜を渡る風の色さえも本を読んだ人の想いで編まれているのだと思うと、三郎はわびしくなった。

「うらやましいです。何十年も前に死んだ作家の本がいまも読まれてる。才能があって人気者で、出す本はどれも大ヒット。さぞ楽しい作家人生だったんでしょうね」

前を歩く神様が怪訝そうに三郎を振り返った。

「なに言ってるんだ、宮沢賢治は無名も無名。当時は一般に知られてなかった」

「そうなんですか？」

「三十七歳で死んだからな。生前出たのは自費出版の詩集『心象スケッチ　春と修羅』と童話集『注文の多い料理店』の二冊きりだ。どっちもサッパリ売れなかった」

「じゃあ『銀河鉄道の夜』や『風の又三郎（またさぶろう）』なんかはいつ出版されたんです？」

「賢治の死後だ。他の作品も全部そうさ。家族や草野心平を始めとした支援者の尽力があり徐々に広まって、評価が高まっていったのさ」

「へえ、知りませんでした」

教科書に載るような著名な作家なので、知った気になっていた。考えてみれば三郎は学校以外で宮沢賢治の作品に触れたことがなかった。

存外苦労したんだなと思う一方で、その印象は賢治の人物像どおりだ。

「売れない上に自費出版ですか。貧しい暮らしをしていたんでしょうね。『雨ニモマケズ』は典型的です。生真面目で清貧な性格がよく出てますよ」

「ニャハハ、そりゃ誰のことだい？　宮沢賢治はボンボンのボンちゃんさ」

「えっ」

「宮沢家は地域の有力者の家系で、実家は質屋と古着商を営む金持ちさ。賢治はその長男坊だ。だが貧しい者の味方であろうとしたのは本当だな。貧しい者から品を預かって金を貸す家業を好ましく思っていなかった」

負い目のようなものがあったんだろうよ、と神様は言葉を続けた。

「賢治は頭がよくて、盛岡高等農林学校で地質学や土壌学を学んだあとは故郷で農学校の教諭になった。そこからさらに深く農業に関わっていったのさ。そして農民として生きる人々のために理想郷を求め、生涯尽力した――なんていうと立派なやつに聞こえるが、その理想を追うのに使ったのは実家の金だ。年輩の農民たちから金持ちの道楽と揶揄されてたらしいぞ」

三郎は返答に窮した。ぼんやりと抱いていたイメージとずいぶん違う。

その心の声が聞こえたかのように神様はたたみかけた。

「清貧で真面目ってのも、ただのイメージだ。教員時代の賢治は生徒にいたずらを仕掛ける愉快な男さ。趣味はレコード収集。東京にいたときはエスペラント語を学び、タイプライターの学校に通い、チェロやオルガンのレッスンも受けた」

「金がかかるものばかりですね」

「だからボンちゃんなのさ。だがそれだけじゃない。芸術や化学を学ぶことに貪欲で、音楽と農業を愛した。信仰に厚く、その宗教観は作風に大きく影響している。詩人で童話作家、教師であり、サイエンティストであり、宗教家だ。多面的で才能豊かな宮沢賢治を一言で語ろうとするのがまずむりな話なんだ。どの要素が欠けてもあの作品は生まれない。宮沢賢治は唯一無二、個性的な天才だ」

これまで抱いていた人物像とかけ離れた話に三郎は瞠目した。一体、自分が抱いていた賢治像はなんだったのだろうか。

その疑問をぶつけると、神様は、フン、鼻を鳴らした。

「世間が認知する前にこの世を去っちまったからな。人柄を伝える者は少なく、あの作風だ。『雨ニモマケズ』がいい例さ。太平洋戦争中は滅私奉公と戦意高揚を広める詩として利用され、いまも災害があれば心の支えにとメディアに引っ張りだこ。勤勉で清貧な賢治像はそういう積み重ねで練られていくんだろうよ」

猫の姿をした神様は夜道を歩きながら三郎を見上げた。

「どうだい、宮沢賢治に興味が湧いたか？　もっと知りたいなら最新のオススメは『校本宮澤賢治全集』だな。完成した作品だけでなく、そこに至る草稿が取り上げられていて面白いぞ。できれば恩田逸夫(いつお)の論文にも触れてもらいたいね」

「はあ」

「作品論には興味ないかい？　〈世界一面白い話〉に近づけるぞ」

「私が読みたいのは〈世界一面白い話〉そのものです。教養があって高尚な、優れた大人のための文学です」

「ほおー、図書屋敷で毎日酔っ払って、本を触りもしないのに？」

〈世界一面白い話〉を自作として発表するつもりだ、とは口が裂けても言えない。

三郎はスキットルをぐいっと呷り、勢いをつけた。

「辛(つら)いことが多すぎるんです、酒がないと生きていけません！　私は読書が好きですし、学も才能もあります。ただ少しばかり運に恵まれなかっただけで……酒以外のなぐさめだって必要なんです。いけませんか？」

神様は脚を止め、大きな金の瞳でじっと三郎を見つめた。

「な、なんです？」

「〝貨物列車のふるひのなかで　わたくしは湧きあがるかなしさを　きれぎれ青い神話に変へて　開拓紀念の楡(にれ)の広場に　力いっぱい撒(ま)いたけれども　小鳥はそれを啄(ついば)まなかった〟ってな。サブローさんは悲しみを青い神話に変えにきたんだな」

「は……？」

「賢治の詩『札幌市』さ。農業に疲れて無力感を味わっていた賢治が、その心境を昔修学旅行の引率で訪れた北海道に重ねてよんだものだ」

「賢治が札幌に？」

岩手出身の国民的作家が自分と同じようにこの地を訪れていた。そう思うと急に親近感が湧いた。

「その詩には札幌旅行の思い出が詰まってるんですね」

「さあてな。詩のタイトルは『札幌市』だが、モデルは花巻市だってのが定説さ」

『春と修羅』に収録されたこの詩は、岩手県花巻市での開墾について書かれた一連の詩の中に忽然と現れる。前後の詩と関連はなく、賢治が札幌を訪れたのは過去のことだ。このため、タイトルは『札幌市』でも舞台は『花巻市』だとするのが定説だ。

とはいえ、と神様は言葉を継いだ。

「研究が進んで、やっぱりあれは札幌が舞台だとなるかもしれない。そもそもそんな研究自体忘れ去られて、ただ札幌をよんだ詩だと思われるかもな」

「ええと……なんの話をしてましたっけ？」

「本は自由ってことさ。正しい読書なんてない。なにも知らずに読んで感動することも、真摯に向き合って作品の深遠を探究する読書も、どっちが素晴らしいなんてことはないんだ。読書に善いも悪いもない、優劣も高尚かどうかもな」

はあ、と三郎が鈍い反応を返すと、キジトラ猫は金の目をくるりと回した。

「サブローさんよ、もっと自分の心に正直になったほうが楽だと思うがね」

三郎はきょとんとした。なんの話かわからなかった。

まさか神様は俺の狙いに気づいているのだろうか。不安を感じて「なんの話です？」ととぼけて探りを入れたが、神様は答えずに歩き始めた。

「別の作品世界に入ったみたいだな」

月明かりの田園風景はいつの間にか森に変わっていた。

夜は深く、濃紺の空に木々が影絵のように並んでいる。シロツメクサの花に明かりが灯り、隠された道を照らした。花が照らす道を行くと、青く輝く大木が現れ、笑い声とオーケストラの演奏に包まれた。

そこはたくさんの明かりが灯る広場だった。ワルツを踊る人がいれば、テーブルで議論する人もいる。「デストゥパーゴ万歳！」と声があがり、広場が沸いた。

「お祭りですかね」

三郎が草木をかきわけながら呟くと、神様が答えた。

「『ポラーノの広場』だ。これも賢治の作品だな」

「また宮沢賢治ですか」

「そう言うな、楽しまなきゃ損ってもんだ。見ろ、立派な樽があるぞ。ありゃ密造酒だねえ。ちょいとご相伴に与ろうじゃないか」

神様は上機嫌に尻尾を揺らして酒樽へ向かったが、三郎は足を止めた。

こういう話じゃないんだよ。俺を捨てた連中を見返すには新作が必要だ。俺が利用できる、世界一面白い話。こんなところで油を売ってる場合じゃない。

「神様、ここはいいので別の作品に――」

「さっぽろ？　知ってるよ、雪がたくさん降るところ！」

不意に響いた子どもの声に三郎は面食らった。知っている声だった。

声の主を探したが、賑わいがうるさくて、どこから響いたのか判然としない。

そのとき、テーブルを囲む人の陰に赤いショールを見つけた。見覚えのある鮮烈な赤に三郎の心臓はぎゅっと縮んだ。

ゆっくりとテーブルに近づいて、赤いショールの人の顔を覗き込む。

「雪でも傘ささないんだって。雪の中を歩くの、楽しみだなあ」

甲高い声で話すのは、白いヤギだった。

違う、そう言ったのはお前じゃない。

怒りに似た感情が心を乱し、三郎はくるりと背を向けた。声の主を探すが、それらしい人は見当たらない。焦燥感に駆られたとき、踊る人々の向こうに白い鳥かごを手にした若い男女を見つけた。

かごの中には、赤いショールをまとったウサギの人形がある。

三郎は小さく叫び、我を忘れて駆けた。ワルツを踊る人々の輪に割って入り、むりやり進む。怒鳴られたり叩かれたりしたが構わなかった。

「あんたのところにいるより、ずっと幸せだろうよ」

声がこだました。誰かが叫んだのか、頭の中だけで響いたのかはわからない。

若い夫婦はウサギの人形を見て、仲むつまじくほほえみを交わした。

「ま……待ってくれ」

三郎はあえいだ。口の中がカラカラだった。あと少しで追いつけそうなのに足が鉛のように重い。よろめいた拍子にテーブルにぶつかり、非難の声があがった。喉の渇きは限界だった。三郎は手近にあったカップを摑んで一息に飲み干した。

冷たい液体が喉を滑り落ちる感覚が心地よい。次の瞬間、かあっと焼けるような痛みが臓腑（ぞうふ）に広がった。酒だと気づいたときには遅かった。

熱いものが全身を駆け巡り、ぐわんぐわんと目が回る。どーん、と大きく揺れたかと思うと、三郎は地面にひっくり返っていた。

風景が天体のように回り、テーブルや木が伸び縮みする。明かりがひらひらと舞って雪みたいだ。

やがて視界に金の月がふたつ浮かび、神様のため息が聞こえた。

「しょうがないサブローさんだ。どうして〈世界一面白い話〉を求めているのか、そんなこともわからなくなっちまったのかい」

呆れた様子の声が響く中、意識は遠のいていった。

4

「さっぽろ？　知ってるよ、雪がたくさん降るところ！」

子どもの明るい声が降る。

「雪でも傘ささないいんだって。雪の中を歩くの、楽しみだなあ」

赤いショールを翻し、小さな少女は笑った。

東京を離れると伝えた日。八歳になる娘は嫌な顔ひとつしなかった。妻に置いていかれ、今度は住み慣れた家を離れなければいけないというのに。

嫌じゃないのか。学校の友だちと別れて、誰も知らない土地に行くんだぞ。かける言葉に詰まると、小さな手が三郎の手の中に滑り込んだ。娘の笑顔に苦いものを感じる一方で、心は安らいだ。

「すまないな」

「私、どんなところでもへっちゃらだよ。これがあるから！」

娘は母親からもらった赤いショールを自慢げに巻いてみせた。

言葉のとおり、我が子はすぐに新天地に馴染(なじ)んだ。明るく、いやみなところがない。優しくて賢い自慢の娘だ。

ある日、娘とラーメン屋に立ち寄ると、テレビからおもちゃのCMが流れていた。ドールハウスのベランダでウサギの人形が手を振っている。子役の少女が人形を抱き上げて頬を寄せると、『ハルニレファミリー』と甘い声が流れた。

娘はラーメンを口許(くちもと)に運んだまま、ブラウン管テレビに見入っていた。

人形ひとつで、そんな顔をするのか。

「あれ買うか、帰りにおもちゃ屋に寄って」

なにとはなしに声をかけると、弾(はじ)けるような笑顔が返ってきた。

おもちゃ屋へ向かう道中、娘は溢れる喜びでスキップしたりおしゃべりしたりと忙しかった。人形は学校でも話題らしい。三郎は売り切れていないか気を揉(も)んだが、人形はちゃんと特設コーナーに並んでいた。CMで見たとおりの、ジャンパースカートを穿(は)いた二頭身の小さな人形だ。しかしそれだけではなかった。

スカートのウサギの隣には、一回り大きく作られた父親ウサギと母親ウサギの人形があった。その横には半ズボンの兄弟とベビーベッドで眠る赤ちゃんウサギ。さらに人形の後ろには縦半分にカットされた青い屋根の三階家があり、ベッド、テーブル、暖炉などの家具が詰め込まれていた。

そのすべてを収めた大きな箱には、目の飛び出るような値札がついていた。

三郎はその場に棒立ちになった。

だからハルニレファミリーなのだ。一家族分の人形と、三階建ての大きな家、専用の家具でワンセットだ。

「やだ！ ハルニレファミリー！ ハルニレ！ ハルニレファミリーがいい！」

突然の金切り声に三郎はぎくりとした。娘より小さな子が顔を真っ赤にして地団駄を踏んでいた。火が付いたように泣き、人形が欲しいと喚き散らす。両親が困った様子でなだめたが、小さな子には火に油だった。

三郎は娘の顔を見られなかった。どう説明したらいい。金がないと正直に話すか、また来ようとこの場を濁すか。

様子を窺おうとしたとき、娘がぱっとおもちゃに飛びついた。

「私、これ！」

娘が手にしたのは、通路の反対側にあったガラスのおはじきだった。

「きれいだよね。小っちゃい子に算数教えるのにも役に立つんだよ」

「でも、ほしいのは人形で……」

三郎が口ごもると、娘は頰を膨らませた。

「私、もうお姉さんだよ？　お人形遊びする歳じゃないもん」

「そうか……そうだな、お前ももうお姉さんか」

三郎はほほえんだ。「そうだよ」と娘も笑った。

本当は喉から手が出るほど人形が欲しいはずだ。あの子どもと同じようにだだをこねたかったはずだ。そんなことは痛いくらいにわかっていた。

娘が名残惜しそうにハルニレファミリーに視線を向けるのを、三郎は黙って見守ることしかできなかった。


娘を幸せにしてやりたい。苦労をかけた分、贅沢をさせて、うまいものをたらふく食わせてやりたい。できるはずだ、と三郎は己を奮い立たせた。

頭の中には完璧な物語があった。ところが書き出すとたんに陳腐になる。過去の栄光が絡みつき、少しの妥協も許さない。書いては破いて、破いては書いて。

今日は筆がのらないだけだ。いまに見てろよ、俺が本気になればどんな賞でもとれるんだ。でも今日じゃない、どうせなら華々しく返り咲いてやるのだ——そんな日ばかりが積み重なっていった。

給料日、三郎はハルニレファミリーの人形を一体買った。夏期限定の豪華版でウサギはカンカン帽を耳にひっかけ、しゃれたドレスを着ていた。販売員に包装紙とリボンをかけてもらうと、娘が飛び上がって喜ぶ姿が目に浮かんだ。

その帰り道のことだ、背広を着た男たちにアパートの前で声をかけられたのは。

「近所の若夫婦がお嬢さんを養子に迎えたがっています」

一人は土地の有力者で、もう一人は弁護士を名乗った。娘が学校から帰るまでならと家に上げると、ちゃぶ台に着くなり弁護士がそう切り出した。

若夫婦は裕福な家庭で、子宝に恵まれずにいたところ娘と知り合ったという。寝耳に水だが、知らない相手ではなかった。ピアノを弾かせてくれた、おかしをご馳走になった、と娘からたびたび話を聞いていた。若夫婦は聡明（そうめい）で活発な少女が父子家庭で苦労していると知り、土地の有力者を介してこの話を持ってきたのだった。

三郎はうつむいた。五分、十分と沈黙が続く。有力者の男が散らかったボロアパートの室内を舐めるように見回して、ため息まじりに呟いた。

「あんたのところにいるより、ずっと幸せだろうよ」

ふざけるな、俺の娘だぞ！

怒鳴りつけようとしたとき、薄い座布団の横でカタッと音がした。

安っぽい包装紙の小さな箱が倒れているのを目にして、三郎は冷水を浴びせかけられたような気がした。

こんな人形ひとつで、なんだっていうんだ。

お下がりじゃないランドセル。繕いあとのない洋服。流行りのおもちゃ。一度もまともなものを用意してやれなかった。なにひとつ買ってやれなかった。

そんなお先真っ暗の貧乏人が、これまで散々苦労をかけておきながら、娘が幸せになるチャンスまで取り上げるっていうのか。

「散々間違えただろ、もう手放してやれよ」

自分の声がどこか遠くから降ってきた。

いつの間にか、三郎は真っ暗闇の中に座り込んでいた。

「娘の幸せを思えばできるだろ。やれよ、他になにをしてやれるって？」

憎しみのこもった自嘲が闇にこだまする。そのとおりだ。なにも与えてやれない、幸せにしてやれない。そんな才能は俺には…………いや、待て。

「そうだ、〈世界一面白い話〉」

あれが手に入れば一発逆転だ。すぐにはむりでも娘を迎えに行くのだ。どいつもこいつも見返して、今度こそ幸せを摑むんだ。銀座でオーダーメイドの背広を作ろう。

それから運転手付きの高級車で迎えに行くんだ。娘は驚いたように目を瞠(みは)り、笑顔で迎えてくれる――


「わかるかい、サブローさん？ おーい」

しゃがれ声に呼ばれ、三郎は目を開けた。何度かまばたきすると焦点が合い、ふくよかな猫が見えた。

祭りの賑わいは消え、あたりには花と蜜の香りが漂っていた。気を失っている間に白亜の図書迷宮に戻ったようだ。

「すいません、ちょっと飲み過ぎたみたいで」

「しゃっきり起きろ、いまならまだ他の賢治作品の世界をのぞけるぞ」

神様が準備運動するように前脚を伸ばした。三郎は急いで起き上がった。

「あの、神様。そろそろ〈世界一面白い話〉を見せてくださいませんか。手に汗握る展開、人間の内面に迫る鋭さ、意外な結末、なんでもいいんです。読者があっと驚いて、その心に爪跡を残すような。そういう話がいいんです」

「もう見たろ？『マッチ売りの少女』も『セロ弾きのゴーシュ』も、『ポラーノの広場』だって素晴らしい世界だ」

「そうですが……既存の作品じゃないですか」

「そりゃそうさ。ここは蔵書が夢見て生まれた異界。有名な作品から学ぶことは多かっただろ」

諭すように言われ、三郎は苛立ちを隠せなかった。

「どれも大した作品じゃないです、凡作ですよ」

「ニャハハ、オマエさんの濁った心で読んだら、どんな名作も駄作に早変わりだ」

「お言葉ですが、なにが良くてなにが悪いかは読めばわかります。どんなに面白くても童話なんか現代の読者に通用しませんよ」

神様はやれやれ、と言わんばかりに首を横に振った。

「つまり、独創的で類を見ず、愉快でサブローさんの心に響く物語がいいんだな」

「そうです！　もったいぶらないで連れて行ってください」

キジトラ猫は赤絨毯の上にどっかりと大きな尻を下ろした。

「しかたない、そろそろ種明かししてやるか。オレ様はオマエさんと歩きながら、ずっと〈世界一面白い話〉を楽しんでたぞ」

「え？」

「世界一かは微妙だが、まあ、及第点さ。愉快も愉快、哀れな中年の物語だ。男は作家だったが、落ちぶれて東京から逃げ出した。札幌で青い神話を探していたが、そんなことも忘れて昼間から酒の臭いをぷんぷんさせて図書館に入り浸り――」

「ちょ、ちょっと待ってください！　それ、俺のこと……？　なんで知ってるんです、そんな話は誰にも」

「オレ様は神だぞ？　図書屋敷で起こることはなんでもご存じ、噂話も利用者の素性もお見通しさ」

三郎は言葉を失った。神様と出会ったとき、図書館での態度をたしなめられたのを思い出した。そしてキジトラ猫の話はこれで終わらなかった。

「中年男の物語はここからがミソさ。じつはこの男、オレ様に嘘をついている」

「えっ!?　な、なんの話です……？」

「何度も言わせるな。オレ様はチャーミングな上に賢いのさ。手がかりさえあれば実際に起こった以上のことまでわかっちまう。探偵みたいにな」

三郎は焦りが顔に出そうになり、スキットルを取って唇を湿らせた。

その動作を待っていたかのように神様は舌なめずりした。

「それじゃ答え合わせといこうかね。なあ、サブローさん、いつまで酔っ払いのふりをしてるんだい？」

5

三郎は棒立ちになった。予想だにしない問いかけに唇からスキットルを離していたことにも気づかなかった。

「いやはや、役者だねえ。酔っ払いの演技が体に染みついて、こんなところまで来てもやめられないなんて」

赤絨毯の上に座ったキジトラ猫はニタニタと笑った。

「妙だと思ったのさ。酔ってるわりに受け答えがしゃっきりしてて一貫性がある。服は酒臭いが息からはアルコール臭がしない。確信したのは『ポラーノの広場』だな。片時も酒を手放せないやつが、浮かれもしないでコップ一杯で昏倒だ。サブローさんは酔っ払い以前、一滴も飲めない下戸なんだろ？　そのスキットルの中身も水だ」

ひくっ、と三郎の頬が引き攣った。

「そ、そりゃあ……酒代がばかになりませんからね。多少は水で薄めますよ、金がなくて仕方なくです。久しぶりの強い酒で体がびっくりしたんでしょう」

しゃべりながら調子を取り戻し、「いやだなあ」と三郎はおちゃらけた。

「それを酔っ払いのふりだなんて、神様もおひとが悪い。だいたい、なぜそんなばかなことをしなきゃいけないんです？」

「芽衣子を困らせるためだ」

間髪を容れずに飛び出した名前に、三郎は今度こそ青ざめた。

「…………どうして娘の名を」

一度も口にしていない。名前どころか、娘がいることさえ知らないはずだ。

猫がにやりと笑うと、どこからともなく突風が吹き、貸出カードが舞った。渦巻く風に躍る厚紙の氏名欄には子どもっぽい丸字で『松谷芽衣子』とある。

「松谷芽衣子、松谷芽衣子、松谷芽衣子――この貸出カードも、あっちもそっちも松谷芽衣子さんだ。まさか自分の娘の名前は忘れちゃいないだろ、松谷三郎さんよ」

神様は前脚の肉球を舐めながら話を続けた。

「オマエさん、芽衣子のだめオヤジだろ。昼はパチンコ、バイト帰りには酒瓶片手に千鳥足。だが本当は一滴も飲めない。なんでそんなことをするかって？　決まってる、芽衣子に自分の世話をさせるためさ」

三郎は脂汗を浮かべ、逃げ出したい気持ちでいっぱいになった。だがどこへ逃げるというのだろう。その間にも聞きたくもない話がつまびらかに語られた。

「酔っ払ってさえいれば娘が全部やってくれる。炊事洗濯掃除、ご近所づきあい。ぐでんぐでんに酔ったふりをすれば優しく介抱してくれる。オマエさんがだらしなく頼りないほど、芽衣子は父親を助けようとする。一体、何年前からこんなバカなことをしてるんだ？　みっともないねえ、いい歳したおっさんが自分の娘にすがるとは」

三郎は顔を真っ赤にした。図星だったからだ。

「みんな、俺を捨てた。出版社も編集者も嫁も親戚も……！　金がなくなったとたんどいつもこいつも離れていった！」

荒野穣次の名でおいしい思いをしておきながら、落ち目になるとあっさり見限った。価値はない、用なしだ。そういわんばかりに切り捨てられた。

だが芽衣子は違う。傷ついた父親を理解し、励ました。そのぬくもりだけが三郎の救いだった。再起しようとして何度屈しても、変わらず寄り添ってくれた。

芽衣子は優しい。失意の父親を見捨てることなどできない。俺が立ち直れずにいるうちは、ずっとそばにいてくれる。

だから酒に溺れたふりをした。辛くて立ち直れない、傷は癒えていないのだと見せる必要があった。居酒屋は金がかかるし下戸がばれる。そこで文字どおり酒を浴びて路上や図書館で醜態をさらした。

ばかなことしている。こんなことすべきじゃない。惨めに思い、何度もやめようとしたが、できなかった。芽衣子を失うことのほうが何千倍も恐ろしかった。

三郎がうなだれていると、神様が言った。

「足りないね」

「……なにがですか」

「最初に言ったはずだ、『この頃は目に余る』と。図書屋敷でぐーたらするだけだったのがこの数日で急に態度を変えたな。利用者にケンカをふっかけ、わざと酒瓶を割る。貸出カードを持ち出したのもトラブルを起こそうって魂胆だろ？　わざとらしいオイタをして、叱られたがる子どもみたいじゃないか」

三郎の唇がぶるぶると震えた。すべて見抜かれていることに猛烈な羞恥心と怒りが込み上げた。同時に安堵（あんど）する自分がいた。

情けなさもふがいなさも、もう隠さなくていいのだ。

その気持ちを認めると、苦い思いが言葉となって溢れ出した。

「近所の若夫婦が、芽衣子をかわいがっているんです。養子縁組しないかって……もう俺から自由にしてやるべきなんだ」

三郎の目からぽろりと涙が落ちた。図書館は芽衣子のよりどころだ。そこで問題を起こせば、実の親でもいい加減、嫌気が差すだろう。

「俺は手放せない……。だから愛想を尽かして離れてくれたらいいんです。そうすれば、優しいあいつは遠慮なく俺を捨てられる。だめな親から解放されたって思うでしょう。あいつの幸せを思えば、俺はいないほうがいい」

嫌ってくれ。だめだと、もういらないと、言ってくれ。そうしたら手放せるから。お前を送り出せるから。それが俺にできる唯一の愛情だ。

袖口で涙を拭ったとき、キヒヒ、と甲高い笑い声が響いた。

「卑劣な男だねえ！　なにも伝えないくせに、そんな大事な決断を子どもに押しつけるのかい。すがって見捨てないでとわめきながら嫌われようなんざ、どこまで性根が腐ってるんだ」

耳障りな笑い声が増えていく。三郎は異変を感じて顔を上げ、絶句した。

キジトラ猫の体が大きく膨れ、毛の一本一本が生き物のように奇声を発していた。肉が破れ、骨が砕ける鈍い音を響かせながら猫だったものの体が不気味に波打つ。

「オマエなんぞのところに生まれたばっかりに、芽衣子はオマエに愛されようと必死だ。そこにつけ込むオマエは外道だよ。おっと、勘違いしちゃ困る。オレ様は褒めてるんだ。卑劣で意地汚く、どこまでも自己中心的。オレ様にそっくりだねえ、とても他人に思えない」

三郎はあんぐりと口を開けて頭上を仰いだ。

金の瞳を爛々と燃やしながら、山のように巨大な怪物が三郎を見下ろした。その口が耳までぱっくりと裂けたかと思うと、針のような無数の牙が顕わになった。

怪物はひび割れた無数の音で嗤った。

「三郎よ、ひとつ、オレ様と一緒にここで楽しく暮らそうじゃないか」

おぞましい誘いに三郎の喉から悲鳴がもれた。

「い、いやだ……っ」

「作品世界を旅してわかったろ？　芽衣子の想像力は絶品だ。オマエがいたらあの子の想像力が腐っちまう。いや、オマエのせいで本の世界に逃避するしかなかったのかねえ……まあ、どっちでもいい。オマエがいなくなればはっきりする」

ニタアと金の瞳が細くなるのを目にしたとたん、三郎は踵を返して駆けていた。

「どこに行くんだい。一緒に暮らすのはだめかい？」

逃げる三郎の背後を重たい足音がついてくる。怪物が一歩進むごとに床が波打ち、三郎は何度も転びそうになった。必死にあたりを見回すと書棚の陰に扉を見つけた。

ここへ来るときに使ったものだ。あそこまで行けば助かる。

希望を抱いたとき、暗くひび割れた音が囁いた。

「暮らすのがだめなら、オマエを食っちまうかね」

恐怖で全身から冷や汗が吹き出した。三郎はしゃにむに走った。心臓が激しく胸を叩く。人生でこれほど懸命に走ったことはないくらい全力で駆けるが、ずしん、ずしん、と重たい足音が距離を詰めてくる。怪物の息づかいが聞こえ、三郎は祈るような気持ちで疾走した。扉はもうそこだ。

よし、逃げ切れたぞ……！

ドアノブに手を伸ばしたとき、背広のポケットからなにか落ちた。

小さなウサギの人形が絨毯で跳ねる。

目の端でそれをとらえ、三郎は声にならない悲鳴をあげた。

構うな、どうでもいい。逃げろ。戻ったら追いつかれるぞ。ただの人形だ、ひとつじゃ価値がない、喰（く）われる、あげたって意味ないんだ、出口、死にたくない——またたきほどの間に思考が渦巻き、頭の中がわっと沸騰する。

気がつくと三郎は駆け戻っていた。絨毯に転がった人形を夢中で摑み、胸に抱く。

真っ黒な影が三郎の頭上に落ちたのは、そのときだった。

涎（よだれ）を滴らせ、怪物が大きな口を開けていた。針のような無数の牙が蠢（うごめ）いて、三郎の首を野いちごのようにつまんだ。

己の命が潰えるとき、恐怖心はなかった。

――――芽衣子。

ただ、娘の笑顔だけが浮かんだ。

頭をかみ砕かれる刹那、突如、雷鳴のような吠え声がこだました。

巨大な怪物がぴたりと動きを止めた。

三郎は無数の牙の間から真っ白な獣がこちらへ突進してくるのを見た。

「あーあ、いいところだったのに。嫌な犬っころだ。ワンちゃんこわいこわい」

怪物が三郎に生臭い息を吐きかけて、ニタニタしながら霧散していった。

なにが起こったのか、理解が追いつかなかった。半ば呆然として人形を拾った体勢のまま立ち尽くしていると、駆けてきた犬が三郎に飛びついた。

三郎は仰向けにひっくりかえったが、真っ白な犬は嬉しそうに腹の上に乗り、巻き尾をぶんぶんと振った。三郎の顔を舐め、頭をごりごりと押しつけて戯れる。

「お、重い、痛い……うーん」

うーん、とうなる自分の声が遠くから聞こえた。体を揺らす勢いは激しくなり、仰向けのはずが腹の下に硬いソファを感じる。まどろみから引き剥がされ、体がふたつあるような感覚に戸惑ったとき、どん、と強く背中を叩かれた。

痛みと衝撃で三郎ははっと目を覚ました。

§

うつぶせで寝転がった体勢で目線だけを上げると、腰に手をあてた少女が恐い顔で三郎を見下ろしていた。

「………あれ、芽衣子？」

「お父さんったら、またこんなところで飲んだくれて！」

夢ではない。本物の芽衣子だった。

とたんに意識が覚醒して、図書屋敷にいるのだと思い出した。日が高いうちからたばこ臭い休憩所のソファで昼寝をしていたのだ。

「風邪引いたらどうするの。あっ、またお酒持ち込んでないでしょうね⁉」

娘の小言を浴びながら体を起こすと、ばさっと本が床に落ちた。

本なんて持ってたか？

三郎は首をひねった。表紙をつまんで拾うと、その裏側、見返しと呼ばれる部分に小さな銅版画が貼られていた。図書屋敷の所蔵であることを示す蔵書票で、館長の氏名と真っ白な北海道犬が描かれている。

それを目にしたとたん、走馬灯のように夢の断片が浮かんだ。賑やかな夜の祭り。田園風景とチェロの音色。灰色の町の凍える寒さ、マッチ売りの少女――猫。

美しいイメージとぞっとするような感覚が蘇り、怖気をふるった。

「どうかした？」

芽衣子は心配そうに三郎の顔を覗き込み、ぷっ、と吹き出した。

「お父さん顔がくしゃくしゃ！　本の上で寝てたの？」

「え……？」

「この本『注文の多い料理店』じゃない。作中の紳士とおんなじだね」

明るい笑い声につられて、昔の記憶が呼び起こされた。

まだ娘が小さかった頃、何度この本を読んで、とせがまれただろう。山猫の恐ろしい声を真似て読むと、膝にのせた娘はきゃらきゃらと笑った。

そうか、夢の中で見た物語は芽衣子が見た世界だったのか。

すとんと腑に落ちるのと同時に、やはり夢ではなかったのだと痛感した。

貸出カードを無断で持ち帰れば、どんな罰が下るかわかったものではない。

三郎は懐を探ったが、ポケットにはスキットルがあるだけで貸出カードは一枚残らず消えていた。不思議に思ったとき、ぽてぽてと奇妙な足音が聞こえた。

廊下の先に漬け物石のように丸いキジトラ猫がいた。

ひっ、と三郎が喉を震わせると、娘がその視線をたどった。

「猫ちゃんだ。本読んでるとよく来る子だよ。図書屋敷に住んでるの」

「ここの飼い猫なのか？」

一見、ただの太った猫だ。しかし、わかってるよな、とばかりに猫がニタニタと笑うのを見て、三郎は息をのんだ。

あれがただの猫のはずがない。もう少しで食べられるところだった。

この場から一目散に逃げ出したかったが、図書迷宮と呼ばれる異界での体験がそれを許さなかった。三郎は猫に視線を固めたまま娘に尋ねた。

「芽衣子……もしお金持ちの家の子になれるとしたら、どうする？　新しいお母さんは優しくて、新しいお父さんはハンサムでしっかり者だ。毎日贅沢できるんだ」

おそるおそる娘を窺うと、芽衣子は呆れ返った顔をしていた。

「またその話？　いらないってば。わたしはお父さんがいればいいの」

迷いのない言葉に頬が緩みそうになる。同時に三郎は悲しくなった。

どんなに魅力的で喉から手が出るほどほしいと思っても、芽衣子は選べない。情が深すぎるからだ。自分の選択で傷つく人がいるなら決して手を伸ばさない。

そう痛感したとき、脳裏に浮かんだのは摩訶不思議な迷宮での風景だった。

深い絶望をも美しく見せる、極寒の町並み。月光が降りそそぐ心安らぐ田園風景。ときに雪の結晶が舞い、夜風さえ色を持つ。

三郎があれほどくだらないと思っていた絵本や童話は、芽衣子の自由な想像力で豊かに色づき、まばゆいばかりの美しさを放っていた。あれが現実逃避で描けるはずがない。

昔から本が好きな子だった。幼い頃からずっと変わらず本を愛し、読書を楽しんでいてくれた。読み聞かせ以外親らしいことなんてしてやれなかったのに、こんなにも健やかに育ってくれた。

――でも、これから先は？

三郎は心臓を裂かれるような激しい胸の痛みに襲われた。

のんだくれのふりをした親父の世話に追われ、貧しい暮らしを強いられ。大きくなっても友人や恋人、習い事、なにをするにも親父のせいでままならない。

芽衣子は心を鈍くして、現実をやりすごすようになるだろう。俺のように周囲を恨み、濁った目で下ばかり眺める。美しい世界を描かず、くだらないと鼻で笑うのだ。

情けなさで三郎は自分を殴りつけたくなった。

この大馬鹿者は、そんなことも想像できずに今日まで生きてきたのだ。

芽衣子が絶望するのを見たいのか。想像力が色褪(いろあ)せ、心が痩せ細ってもいいのか。

この子の美しい世界を守れるのは誰だ？

「酒、やめる」

気がつくと、考えるより先に想いが声になっていた。

芽衣子は目をぱちくりさせ、「またまたあ」と冗談めかした。

本当だ、と言いたくなるのを三郎はぐっとこらえた。

じつは一滴も飲めないんだ。ごめん、嘘をついていた。真人間になるよ。真面目に働く。だめな親父で悪かった——溢れそうになる謝罪をいま口にするのは、自分が楽になりたいからだ。

言葉ではなく行動で。その場しのぎではなく、歳月をかけて。そのあとでしかこの決意は証明できない。

三郎はそっと自分の頬に触った。おかしな凹凸が指に触れ、顔がしわしわになっているのが嫌でもわかる。

「情けないけど……生きて戻った。勲章だよな」

愚かさは顔に刻まれた。恥をさらして生きていくようなものだ。だが、その先の物語は変えられる。

変えてみせる、と三郎は手にした本に誓った。

参考文献（敬称略）

宮沢賢治『注文の多い料理店（ポプラ社文庫Ａ21）』ポプラ社　１９７８年
アンデルセン『アンデルセン童話集（２）「マッチ売りの少女」ほか』山室静編訳
偕成社　１９７８年
宮沢賢治『セロ弾きのゴーシュ（偕成社文庫２０１９）』偕成社　１９７６年
宮沢賢治『ポラーノの広場（新潮文庫）』新潮社　１９９５年
宮沢賢治『校本宮澤賢治全集』筑摩書房　１９７３－１９７７年
日本文学研究資料刊行会編『宮沢賢治Ⅱ　日本文学研究資料叢書』有精堂出版　１９８３年
天沢退二郎編『宮沢賢治ハンドブック Literature handbook』新書館　１９９６年
石本裕之『宮沢賢治イーハトーブ札幌駅』響文社　２００５年
山下聖美「宮沢賢治研究史　日本における宮沢賢治の受容に関する考察」２００１年
花　巻　市　Ｈ　Ｐ　https://www.city.hanamaki.iwate.jp/miyazawakenji/about_kenji/1003946.html（２０２４年11月17日閲覧）

ハレルヤ出版編集部

杉井 光

きらめく星の玉座の御前に立った大天使ガブリエルは、凜（りん）とした声で主なる神に奏上たてまつった。

「我が主。ご確認したい事項がございます。人間たちのいわゆる『世界三大宗教』がなにか、主はご存じですよね？」

神は物憂げに答えた。

「ばかにするな。中学校の教科書にも載っているじゃないか。キリスト教、イスラム教、仏教だろう」

「不正解です！　全知全能の神が中学生レベルでどうするんですか！」

ガブリエルの剣幕に神は玉座からずり落ちかけたし周囲に侍（はべ）って歌い続けていた熾天使（してんし）たちもぎょっとした顔で黙り込んだ。

天使は本来、性別というものがないが、ガブリエルは特別に女性型として創られている。それは彼女が神を直接諫（いさ）めるという役目を与えられているためだ。もちろん創ったのは神自身である。きつい諫言（かんげん）も麗しい女性の口から語られれば少しは印象が柔らかくなるだろうという意図だったが、ガブリエルのきつさは外見ごときで緩和されるような生やさしいものではなく、毎回凹（へこ）まされていた。

たおやかな百合（ゆり）の花のようなオーラを撒（ま）き散（ち）らしながらガブリエルは続けた。

「世界三大宗教がどれとどれとどれなのかは、全世界書籍オールタイムベストセラーランキングを見れば一目瞭然です。こちらをご覧ください」

　どこからか出現したスクリーンにランキング表が投影される。

『指輪物語』や『そして誰もいなくなった』や『ハリー・ポッター』といった名だたる大ヒット小説をおさえてＴＯＰ３に位置するのは――

「第三位はイスラム教の最高聖典クルアーン。第一位は言わずもがな、我らが聖書です。が！　それに挟まれた第二位をよくよくご覧ください！」

　ガブリエルは指示棒の先でスクリーンをぴしりと叩く。

　第二位、『毛主席語録』。

「つまり世界三大宗教というのはキリスト教、イスラム教、そして共産主義です！　仏教なんて我々のライバルではないのです、どうせ本が売れないのだから！　もっとビジネス感覚を身につけて市場を俯瞰していただきたいです！」

「その発言大丈夫なのか。宗教的に」と神は（神のくせに）おそるおそる言った。

「なにがですか。人間たちの宗教の定義などに神が左右されてどうするのですか。わたしたちにとって宗教とは！　本が売れることです！」

　ガブリエルの堂々とした宣言に星の玉座の間は震え、熾天使と智天使はそろって拍手した。

「ということで、正式な発行が停止された現在も毛主席語録は売れ続けており、人口抑制政策を廃止した中国が少子化の克服に成功すればさらなる売上増が見込まれて我らが聖書の第一位が脅かされる危険性があります。聖書の売上は天界の収益の柱、ライバルの後塵を拝するわけにはいきません。我が主にはここで気合いを入れて聖書のクォリティアップに全力を注いでいただきたいのです」

ガブリエルは、天界では非常に珍しい『働く天使』である（高位天使は歌ったり踊ったり回ったりと遊んでいる者がほとんど）。

彼女の主要な職位のひとつが、『ハレルヤ出版編集部長』――すなわち聖書の編集と出版の責任者であった。

ガブリエルはあくまでも編集者。

著者はだれかといえば、もちろん――

「我が主、あなたが著者校正をしてくれなければ新版を出せません。今日はハレルヤ出版のオフィスにカンヅメになって仕事をしていただきます」

「ええぇ。いやだ、めんどくさい……」

神は顔を歪めめる。

愚かな人間たちは神を絵画に描くときによく豊かな髭をたくわえた老年男性の姿にしているが、創世記1・27に「神は自分にかたどって人を創造した」と書いてあるように神の姿は最初の人間アダムにそっくりでありつまり若年男性である。もちろん頭の中身もアダムそっくり。アダムがエデンの園でまったく働かずに食べて寝ての怠惰な生活をしていたのも神に似せたからだった。かように怠惰な神を、まずどうやって仕事場まで引っぱっていくかがガブリエルの職務だった。

「べつに俺が書いたんじゃないし、校正だのクォリティアップだの勝手にやってよ」

「あなたが書いたことになっているんです！」

ガブリエルは声を荒らげた。

「ちがうだろ。モーセとかイザヤとかペテロとかパウロが勝手に書いたんだろ」

「名義上の著者は我が主、あなたです」

「ゴーストライターってことになるじゃないか。まずいだろそれは」

「なにがまずいのですか。彼らはみな聖霊の導きで神の言葉を記したことになっているのです。聖霊すなわちホーリーゴーストによってライティンしたわけですからホーリーゴーストライターです。誇るべきことです。そして聖霊は三位一体の原理により我が主あなたと同一のものですから実質的な著者はあなた、したがって著者校正を行うのもあなたということになります」

「屁理屈（へりくつ）にもほどがある！　法廷で負けるぞ！」

「あなたが法です。神なので。問題ありません」

「道理もへったくれもないのか！」

「あなたが道理です。神なので。いいから仕事をしてください」

　ごね続ける神をガブリエルはその豪腕でもって玉座から引きずり下ろし、肩に担いで編集部オフィスに連れていった。


「——では、校正校閲、及び読者から寄せられた疑問点を挙げていきますので、適宜修正するか、据え置くのであればしかるべき理由を仰（おっしゃ）ってください」

「早く帰って座天使に膝枕されながら熾天使の子守歌で寝たい……」

　神はオフィスのデスクに荒縄で縛り付けられて呻（うめ）く。ガブリエルは平然と続けた。

「まず創世記からです。カインの妻となった女は一体どこからどう発生したのか、という読者からの質問がここ数千年間で何億通と来ておりますが」

「知らんけど。ていうかなんだっけそれ」

「我が主、ご自分がガッツリ関わっている部分くらいは憶えておいてください……。アダムとエヴァはさすがに憶えていますよね？」

「最初の男と女だな。アダムは俺が泥から創って鼻に息を吹き込んで動き始めた。さみしそうだったからアダムの肋骨からエヴァを創ったな」

「はい。その後二人は智慧の樹の果実を食べた咎でエデンの園を追放され、二人兄弟をもうけます。兄カインと弟アベルです。カインは農作物を、アベルは畜産物を我が主に捧げますが、あなたは畜産物の方しか受け取らなかった」

「肉が好きだからな！」

「そこでカインは弟を殺します。あなたはエデンの東にカインを追放しますが、そこでカインは妻となる女を見つけています。この女は一体なんなのか、このとき世界人類はアダムとエヴァ夫妻、カインの三人しかいなかったはずなのに、というのが彼らの疑問点です」

「どうでもよくない？　なんか、まあ、いたんだよ。他の人間が。たくさん。だって当たり前の話だろ。人類が最初に二人しかいないとこからあんなに増えるわけないだろうが。遺伝子プールとか有効個体数とか考えろよ。最近の研究じゃ、最低でも一万四千人くらいが最初にいないと人口は自然増しないらしいよ」

「神が最近の研究を参照しないでください。その他の人間というのはどうやって生まれたのですか。アダムとエヴァが第三子セトをもうけるのはそうとう後のことなのでそれまで世界人類は三人だったはずですが」

「その解釈がおかしい。俺たしかアダムが最初の人間とかアダム以外に人間を創ってないとか他に人間がいなかったとか一言も書いてないよね？　勝手な解釈しないでくれないかなあ？　ってその質問送ってきた読者全員に言っといてくれる？」

「なるほど。たしかに。しかし、そうならそう書くべきではないですか」

「なんでも書けばいいってもんじゃないんだよ！　アダムは主人公だから家族も含めて念入りに書くけど他はモブでしょ！　よく考えてもみろよ、主人公の息子が街で出逢った女が、どこでどうやって生まれたかまでいちいち詳細に書きますか？　普通そんなん書かないでしょ？　これだから執筆経験のない素人は困るよね！　って読者全員に言っといてくれる？　俺も執筆経験はないけどね」

「わかりました。ＳＮＳなどで周知しておきます。炎上必至ですが、我が主はもっと洒落にならないものも炎上させまくっていますから今さらですね」

「ソドムとゴモラはよく燃えたよなあ」

「カインの妻が一体どこのだれだったかについてあなたが詳しく書かなかったせいで

世間ではカインとアベルにそれぞれ双子の妹がいてそれぞれと兄妹婚したのだなどという偽典も広まっていますけれど、よろしいのですか」

「それは二次創作だろ。俺は二次創作には寛大だから全部オッケー。創作のはじまりは二次創作から。みんなどんどん書けばいいと思うよ」

ガブリエルはうなずき、ゲラ刷りの束をばさっとめくった。

「創世記には他にも細かいチェックが校閲から入っておりまして、重複や齟齬があまりにも多いと」

神は億劫そうに唇をひん曲げた。

「重複って？」

「たとえば天地創造では1章27節で『六日目に男と女を創った』と書いてあるのに、その後の2章で『人を創ってエデンの園に連れていってから眠らせて肋骨から女を創った』と書いてあってどっちなんだよと校閲チェックが入っています」

「それはさあ、2章のその部分が1章の六日目の詳細説明なんだよ。よくあるだろそういう書き方」

「しかしその解釈ですと、2章で人をエデンに連れていって果樹を生えさせて動物たちに名前をつけて人を眠らせて肋骨から女を創るまでが天地創造の六日目ということになりますけれど」

「それでなにか問題あんの？」

「そうしますと果樹を生えさせたのは天地創造三日目だという1章の記述と矛盾しませんか」

「三日目にも生えさせたけど六日目にも生えさせたの！　ていうかそんな細かいところはどうでもいいよ！」

「わかりました。ママイキとします」

　ママイキとは『原文のままいきます』を意味する校正用語である。

「しかし、万が一を考えて細かいところまで指摘するのが校正校閲の仕事ですから。それに、天地創造のところの重複はママイキでなんとか押し通せますが、ノアの方舟（はこぶね）の箇所は明確な齟齬です。6章の終わりと7章のはじめにノアへの指示が重複して出てくる上に、方舟に乗せる動物の数がちがっています。洪水も四十日間なのか百五十日間なのか、水が引いた後に放った鳥も鴉（からす）だったのか鳩（はと）だったのか——」

「ぶっちゃけ、伝承を雑にまとめたからそういう重複とか細かい矛盾とかがいっぱいあるんだろ」

「我が主ッ」

ガブリエルは激怒した。

「いいですか、あなたが聖霊を用いて書かせたのです！　いわばあなたの口述筆記、実際に内容を記した人間たちはあなたの声を聞いてただ手を動かしただけです、あなたが著者なのです！　この絶対の建前は崩してはいけません！」

建前って言っちゃってるじゃん、と神は思ったが、それ以上叱られたくないので黙っていた。

「この絶対の建前がなければ信仰が崩れます。人間たちがなぜこぞって聖書を買うかといえば信仰のためです！　信仰は売り上げの柱！　天界の財務の柱ですよ！」

「……うち、そんなに金がないの」

「我が主が浪費されるので財務部はいつも悲鳴をあげています。天地創造では光熱費が、ノアの洪水のときには水道代がとんでもないことに」

「ていうか、俺って全知全能じゃん？　なんで金に困ってんの？　神の力でどうとでもなるんじゃないの」

ガブリエルは至高天（エムピレオ）から最終地獄（ジュデッカ）まで届きそうなくらい長いため息をついた。

「我が主。あなたが全知全能などとイキれるのは人間たちに対してだけです。人間もたとえば蠅（はえ）や蟻（あり）に対して指一本で潰せるぞ虫けらめなどとイキりますよね。自分より圧倒的に低レベルな存在にだけイキれるのです。神のもとに届く請求書は当然ながら神レベル、イキったところで支払い義務はなくなりません」

「そうだったのか。……わかったよ、節約するよ……」

「経費削減は大事ですが、増収も大事です。ということでさらなるクォリティアップのために著者校正を進めましょう」

神はますますうんざりした顔になり、ガブリエルはゲラ刷りの束をめくってますます気合いを入れる。

「カインの妻問題の他に、読者からの問い合わせが特に多いのは、サムエル記に描かれたダヴィデの活躍についてです。ダヴィデは旧約聖書でも一、二を争う人気キャラですから」

おっ、と神は背筋を伸ばした。著者校正は面倒としか感じられない作業だったが、ダヴィデの物語は神もお気に入りなので少しはやる気が出せそうだった。

「いいよね、周囲から期待されてなかった少年がいきなり戦場に出て大活躍、みんなのヒーローになる！　俺も大好きだよ」

「そのダヴィデの活躍といえばなんといってもペリシテ人の巨人兵ゴリアテを投石器で打ち倒すくだりです。サムエル記上の17章です」

「当時のイスラエルではダヴィデのサイン入り投石器がめちゃ売れしたらしいな！　うちもグッズ販売で儲(もう)けよう」

「ところがサムエル記下21章19節ではゴリアテを倒したのはエルハナンという従者だと書いてあるんです」

「だれが書いたんだよッ？」

「あなたです」

「聖霊(おれ)だったか……」

「この矛盾を修正しようとしたのか、歴代誌上20章5節ではエルハナンが倒したのはゴリアテの兄弟のラミだったということになっています」

「うわ、せこい修正しようとして矛盾が増えちゃった」

「他人事(ひとごと)みたいに言わないでください」

　ガブリエルはゲラ刷りの該当箇所を神の前にずらっと並べる。

「超人気キャラのダヴィデ少年が一介の羊飼いからイスラエルの玉座にまで登り詰めるきっかけとなった有名エピソードに関わる矛盾ですから、読者からの抗議もかなり熱烈なものが多いです。どうなさいますか」

　しばらく文面をにらんで唸(うな)っていた神だが、ふと思いついてぽんと手を打った。

「これ、サムエル記上にはダヴィデが倒したのはゴリアテだって書いてないよな」

ガブリエルは目を見開いた。

「……はい？　そんなことは――」

「ほらよく読めって。たしかにペリシテ軍の中からゴリアテってのが最前線に出てきてイスラエル軍を挑発したとこまでは『ゴリアテ』っていう名前が書いてある。でもその後こいつは『そのペリシテ人』とか『かのペリシテ人』とか単に『ペリシテ人』とか呼ばれてて、ダヴィデが倒したのも『ペリシテ人』としか書いてない。ということはゴリアテじゃなかったんだよ！　矛盾無し！　はいおしまい！」

ガブリエルは愁眉を寄せる。

「普通に文脈を読めばどう考えてもゴリアテのことではないですか」

「はあぁ？　それは勝手にそっちが解釈しただけでしょおぉ？　書いてないものを文脈なんていうどうとでもとれるものから勝手に読み取っておいて後からそれに反する記述が出てきたときに勝手に怒るなんて、そんな態度じゃ叙述トリックもののミステリとか読めないよ？　読者としてのレベルが低すぎるんじゃないの？　って読者全員に言っといてくれる？」

慈悲の天使でもあるガブリエルは神のひどい開き直りも慈悲深く聞き流した。

「では歴代誌上の方の記述はどうなさいますか。修正の必要はなかった、ということは無駄に矛盾を増やしただけになってしまいます」

「そっちもべつに矛盾してないよ！　ゴリアテの兄弟ラミを倒したって書いてあるだけで、ゴリアテを倒してないとは書いてないからね！　まとめると、ダヴィデはゴリアテじゃないよくわからんペリシテ人を倒した。エルハナンはゴリアテとラミの兄弟を両方倒した。これで矛盾ゼロ！」

著者校正での赤入れ修正などという面倒なことを絶対にしたくない神は頭をフル回転させてつじつまを合わせる。その努力にはガブリエルもあきれを通り越して感服してしまうが、そうできるだけの思考力は最初から使って齟齬のない文章にしてくれればよかったのに、と思わずにはいられない。

「たしかにその解釈で矛盾はなくなりますが、代わりにダヴィデが倒したのがゴリアテではなくなるので人気が落ちるおそれがあります」

「大丈夫だよ。低レベルの読者は勝手にゴリアテだって思ってくれるんだろ。ていうか大事なのはダヴィデが強くてウザそうなペリシテ軍兵士をタイマンで倒したって事実であって、そいつがゴリアテかどうかはあんま関係ないだろ？　ゴリアテだってこの話でいきなり出てきてイスラエルを馬鹿にしただけで、他に特別なエピソードがあるわけでもないんだからさ」

「言われてみれば……」

納得させられてしまったガブリエルだった。

「ダヴィデが人気なのは第一に美少年だからで、第二に勇気と実力でもってのし上がったからだよ。人間たちはみんなそういうのが大好物なんだ。創った俺が言うんだから間違いない。ダヴィデの人気にゴリアテだかゴリラだかは特に必須じゃない」

「さすがです、我が主」

めずらしくガブリエルにほめられていい気になった神は柄にもなく著者校正にやる気を出し、どんどん進めよう！　と豪語したが、モチベーションが続いたのはヨブ記あたりまでで、ダニエル書にさしかかる頃には憔悴しきり、新約聖書に入ると「そんなん知らんわ！」という悲鳴に近い叫びを二分に一回はあげるようになった。

「なんかもう新約聖書になると『こいつらが勝手なこと書いてるだけだろ』度がものすごい！　旧約聖書はまだよかった、知ってる話が多くて！」

本音を漏らすとガブリエルの「あなたが書かせたのです」論でぶっ叩かれる。もう聖書の収益はあきらめるから著作権は手放してしまおうかと考え始める神だった。

どうにかこうにか最終書までたどり着いたときには、夜が明けようとしていた。

「さて我が主、いよいよ『ヨハネの黙示録』です。これで最後ですから休まず一気に片付けてしまいましょう。ここは特に校正校閲からの指摘も読者からの問い合わせも多い書ですから気を緩めずに」

「もう丸ごと削除でよくない？」

「絶対だめです！」

ガブリエルの怒声が出版社オフィスを震わせた。

「ヨハネの黙示録はたしかに聖書中最も毀誉褒貶激しい書ですが、これは人気の裏返しです。読者アンケートによればおよそ三割の読者がヨハ黙を目当てに聖書を買ったと回答しています」「略し方なんとかならんの」「不信心者に限定するとこの割合はなんと五割を超え、日本人だけで見ると実に八割がヨハ黙のためだけに聖書を買っているというアンケート結果が出ているのです！　削除したりしたら売り上げがどれだけ落ちるか想像しただけでも株価が下がります」「株公開してたの……？」

ガブリエルが並べたゲラ刷りが神の眼前のデスクを埋め尽くす。

『七つの封印』『四人の乗り手』『ハルマゲドン』『獣の数字６６６』といった心くすぐられるワードが目白押しだ。

「聖書を購入した不信心者の九割以上が、創世記をちょっと読んだ後でヨハ黙を読んで漫画やアニメやゲームの元ネタを見つけてきゃっきゃして終わり、という読書傾向がアンケート結果から明らかになっています」

「それでこんな分厚い本に何千円も払ってくれるんだからたまんねえ商売だな。もう最初と最後以外白紙でよくない？　インク代もったいないだろ」

冷ややかな視線が返ってくる。

「我が主。読者を舐めないでください。いくら愚かな人間たちといえど、ページにぎっしり詰まっている文字と、端々に見える勿体をつけた難しい言い回しから重厚さを感じ取ることはできるのです。読まないページにもその重量感を演出するための文章は絶対に必要なんです」

「あ、はい、すみません……」

「ヨハ黙は篤信者も不信心者もしっかり隅々まで読みますから、抜かりなく校正をしなければなりません」

「なんでこんな薬でラリったやつの幻覚書いただけの書がそんな人気あんの？」

ガブリエルは世界の海の1／3が干上がりそうなくらい乾いたため息をついた。

「それは、ヨハ黙が『迫害にがんばって耐えたごほうび』について徹頭徹尾たっぷり描写した書だからです」

「はあ。それは、俺に選ばれた人間たちが天国に入れるっていう」

「神の王国で永遠の命を得られる話なら、新約聖書の他のところでもぽつぽつと語られていますし、ヨハ黙にそこまで特筆すべき描写もありません。注目は、敵をめちゃくそにやっつけてぎたぎたに滅ぼす描写が充実しているところです！」

「……あー、うん、すごいよね……」

天変地異やイナゴの群れや四人の殺戮天使によって、人類は大量虐殺されまくるのである。龍とか獣とかいった敵キャラも登場、一時的に地上を支配するが、後半ではこの龍と獣も信奉者（人類ほとんどが獣の信奉者になってしまう！）もろとも天使軍に誅戮され、とてつもない責め苦を味わった上に最後は火の池に投げ込まれる。

「自分たちは救われて憎き敵はものすごくひどい目に遭わされる、このカタルシスが聖書の売り上げのかなりの部分を支えてきたことは読者アンケート結果からも明らかです。ヨハ黙が過激すぎるとか意味がわからないとかいう理由で聖書から排除しようとした者は歴史上数多くいましたが、賛同を得られませんでした。敵を叩き潰すカタルシスには人間たちは抗えないのです」

「まあ俺も軍神としての性格が強いからな。万軍の主だし」

「御自覚がおありになるようでなによりです。けれどそんなヨハ黙にも校閲からの指摘や読者からの抗議がたくさん寄せられておりまして」

「殺し方がひどすぎる？」

「いえ。むしろもっとやれという意見の方が多いです。問題はそこではなく、神に選ばれて額にしるしをつけられる十四万四千人の民のことなのですが、これがイスラエルの十二支族から一万二千人ずつ選出されるとはっきり書かれており、イスラエル人以外に聖書が売れなくなる可能性が危惧されています」

「そこは大丈夫だろ。先祖をたどってけばイスラエル人かもしれないんだし。そもそも人類はアダムとエヴァから始まってんだからみんなイスラエル人みたいなものじゃないか」

「そうですね。この点は『人類皆兄弟』を大々的にアピールして売り出せばカバーできるのではないかと思います。しかし、次の点はより深刻です。この十四万四千人、童貞でなければならないと書いてあるんです」

　神は口をあんぐり開けてしばし固まった。

「……だ、だれがそんなこと書いたんだッ」

「あなたです」

「聖霊（おれ）だったね……」

該当箇所を読んでみる。14章4節。たしかにそう書いてある。

これ書いたやつ絶対童貞だったんだろ、だから自分に有利なように——と神は思ったが、神が著者であるという建前を守らないとガブリエルに叱られるので口には出さないでおいた。

「これでは人類の大半は救済対象外、読者層を著しく狭めてしまいます。特に女性がすべて排除されているのはジェンダーバイアスですからポリティカルコレクトネスの観点から非常に問題ありです」

「待て待て、童貞って言葉は誤用が広まっちゃってるけどもともとは男女関係なく性的に潔いことを指すんだぞっ？　だから救済対象も男限定じゃないぞ！」

「しかし童貞の前の文章で『女に触れたことがない者』という記述がありますから、これはやはり男性の童貞の意味ではないのですか」

「はあぁ？　女だって性的な意味で女に触れることありますけどぉ？　同性愛者が考慮されていないような言い方はそれこそポリっポリのコレっコレなアレに引っかかるんじゃないですか？　って読者全員に言っといてくれる？」

「わかりました」

ガブリエルはよく怒るが、こういうときの神の腹立たしい態度には怒らない。彼女の怒りは聖書の売り上げを害するものにだけ向けられるのだ。

「ただそれでも非童貞が救われないという点にかわりはなく、この点が子供を持つ親への訴求力を特に損なうことになり、売り上げには悪影響があると言わざるを得ません。家族を持つ読者は複数冊購入が期待できるのに、その読者を切り捨てることになるようでは――」

神は目を皿のようにして黙示録の文面を隅々まで精読し、その全智の頭脳をフル回転させて言い訳を探した。ここを乗り切れば著者校正作業も終わりだという思いが神力を極限まで高めた。

そして、見いだす。

「よく読め、ガブリエル！『神に選ばれた十四万四千人の童貞』と『神の王国に入ることを許された民』が同じだとはどこにも書いてないぞ！」

ガブリエルも目を剝いてゲラ刷りに顔を近づけた。神は勝ち誇って続ける。

「ヨハネの黙示録には選民に関する記述が大まかに三回出てくる。最初は7章、イスラエルの十二支族から一万二千人ずつ選ばれるってところ。二番目は14章、これが十四万四千人の童貞だな。小羊（キリスト）に付き従い玉座の前で歌をうたう役目はこの童貞たちにしかできない、と書いてある。三番目がド終盤の21章、天から下ってきた聖都エルサレムに入れる者は、小羊（キリスト）の命の書に名前を記された者、だ。この三箇所で言及されている《選民》が同じものを指しているとはどこにも書かれていないんだ！」

ガブリエルは何度も通読してから沈んだ声で訊ねる。

「しかし、その三箇所とも、選ばれた人々の額には神の御名のしるしが刻印されていると書かれておりますし、一番目と二番目では十四万四千人という人数も一致しているわけですし、エルサレムという都市ひとつに収容できる人数となれば十四万四千人くらいが現実的だと思われますし、文脈から考えてもこの三箇所の言及は同じ民を指しているのではないでしょうか」

「はあぁ？　それは勝手にそっちが解釈しただけでしょぉぉ？　書いてないものを文脈なんていう——」

神は先刻と一言一句違わないせりふで煽ったのでこの続きは割愛する。ガブリエルが怒ることなく聞き流したのも先刻と同様であった。

「ということで十四万四千人の童貞は歌をうたう権利が与えられるってだけ！　要するに少年少女合唱団だな。救われるかどうかは別の話。売り上げに影響無し！」

「わかりました。そのように告知いたします。『童貞でなくても救われます』という

ＰＯＰなどを書店で使ってもらいましょう」

ガブリエルは『告知の天使』でもあるのでＰＲ活動は大得意だった。

その後は校正からの細かい疑問点のみで、神はそちらも難なくママイキで切り抜けてしまった。

ゲラ刷りの束をとんとんとまとめて大口クリップで留めたガブリエルが言う。

「これで著者校正は完了です。お疲れ様でした、我が主」

「やったあああああひとつも修正入れずに切り抜けたぞおおおこれで寝られる」

しかし意気揚々と昼寝部屋に向かおうとした神はオフィスの入り口でばったり別の天使と鉢合わせした。きらめく鎧をつけ炎の両翼を持ち血相を変えたその勇壮な大天使は、天の軍団長ミカエルだった。

「我が主！　緊急事態です！　地球に向かっている小惑星が発見されました、およそ四十二日後に衝突します！」

天軍ブリーフィングルームには剣と鎧で武装した戦闘天使たちが集結していた。

ミカエルとガブリエルを伴って神が部屋に入ってくると、全員が翼と剣の柄先をそろえて立てる天軍式の敬礼をする。

「どれくらいの大きさなんだ？」

神はそう訊ねてルーム中央の投影式天球儀を覗き込む。惑星の公転軌道がつくる面に斜めに切り込むようにして小惑星の軌道が重なっている。

「直径およそ900メートル、衝突地点の国ひとつが消し飛び地球規模の気象変動が起きるほどの大災害が予想されます」と天使の一人が報告する。

「人類滅亡まではいかないけど、だいぶひどいことになりそうだな」

神は腕組みしてぼやく。

「俺の創った人間たちだから助けてやりたいけど、過干渉は神マナー違反だし、見てるしかないのかな」

「そうですね。敵が悪魔なら信仰の危機ですから我々が剣をとりますが」

ミカエルも暗い顔で地球の小さなモデルを見つめてつぶやく。

そのとき、天球儀に鼻先が触れそうなほど顔を近づけていたガブリエルが硬く張った声で言った。

「いえ、信仰の危機です。我が主、動かれるべきです」

「なんでだ」

「小惑星の落下予想地点をご覧ください」

地球のモデルが四百倍に拡大される。小惑星の落下予想地点を示す赤い三重円は、ヨーロッパの東、黒海の北あたりに打たれていた。

神は首を傾げる。

「ここがどうかしたのか。ロシア？　いや——このあたりはウクライナ……」

そうつぶやいた後ではっとした顔になる。

「……チェルノブイリか！」

ガブリエルは神の横顔を見て鋭く指摘する。

「現在のポリティカルにコレクトな呼称はウクライナ語でチョルノービリです」

「原発事故の跡地が吹き飛ぶから石棺に封じ込められていた放射能が撒き散らされて被害が拡大する、ということか？」

「それは地球人類の危機ではありますが信仰の危機ではありません。信仰の危機と申し上げたのは、チョルノービリという地名そのものに原因があります。チョルノービリとはウクライナ語で《ニガヨモギ》を指し、これはヨハネの黙示録8章で『第三の御使いがラッパを吹き鳴らしたときに落ちてくる星』の名前なのです！」

ブリーフィングルームに戦慄が走る。

横で聞いていたミカエルがおそるおそる口を挟んだ。

「たしかニガヨモギの仲間のちょっとちがう植物のことじゃなかったか？」

「細かいちがいは問題ではないのです、人間たちがどう感じるかが問題なのです」

ガブリエルは同僚のくちばしをぴしゃりと遮った。

「チョルノービリに隕石が落ちて大災害が起きたら愚かな人間たちは絶対にヨハネの黙示録を想起します。預言が成就されて最後の審判がやってきたのだと勘違いするのです！　そうするとどうなるかわかりますか？　聖書の売り上げがガタ落ちになるのですよ！　成就してしまった後の預言書なんてだれが買いますか？　しかも実際には成就していないので最後の審判なんて起きないんですよ、我々は新しい聖都エルサレムの用意なんて全然してないんですからね？　ただでさえ大災害で死者が大勢出て読者が減ったところに、残った数少ない読者からも抗議殺到、新規読者も見込めなくなりハレルヤ出版は倒産します！　信仰の大大大大危機です！」

ガブリエルは神の襟首をつかんで揺さぶった。ほんとうに信仰の危機に瀕したときは礼儀よりも実働を優先するのが『働く天使』たる彼女である。

「我が主、こうしてはいられません、なんとしてもあの小惑星を止めなければ！」

「う、わ、わかった、苦しい、首絞めるな」

神は身をよじってなんとかガブリエルの手から逃れ、むせながら天球儀モデルの縮尺を戻して小惑星の軌道を確認した。

「直径900メートルの小惑星か。ふん。多少は力が要りそうだが、しょせんはただの石塊。神の敵ではない。こっぱみじんに砕いて流星群にしてやろう」

ミカエル以下、戦闘天使たちがじいんと感激した顔で拍手する。

「さすが我が主」

「そのご威光は宇宙の果てまで届きましょう」

「はっは。そう誉めるな。ミカエル！」

「はっ」

「地上のいちばん人口が多い地域からこの小惑星がよく見える時間を測定しろ。破壊する瞬間には天軍のパレードを行って人間どもに派手な奇蹟を見せつけるぞ」

「御意——」

「いけません！」

激昂したガブリエルが神とミカエルをまとめて薙ぎ倒して止めた。

「話を聞いていなかったのですか！　人間たちに気づかれてはいけないのです！」

神は唇を尖らせた。

「空にでかい花火が見えるだけだぞ」

「いかに愚かな人間といえど肉眼で確認できるほどに小惑星が接近すればあなたが破壊する前に軌道計算で落下地点がチョルノービリだと確実に導き出します、そうなれば黙示録騒ぎが起きてしまいます！」

「今はまだ人間たちは小惑星に気づいていないのか」

「はい。地球からみて太陽の裏側にありますから。人間たちに観測される前に破壊してください、我が主」

「なにひとつ知られずに終わらせろ——と……？」

「そうです」

「それじゃ俺が人間どもから讃えられないじゃないか！」

「もう十分すぎるくらい讃えられています」

「主題歌エアロスミスで映画化もされないじゃないか！」

「されてもどうせラジー賞です」

神は床にうずくまり、ミカエルはじめ戦闘天使たちが不安げに見守る中、頭を両手で抱えて長い間呻吟していた。

その肩にガブリエルが優しく手を置いて囁きかける。

「いいですか、我が主。預言というのは成就させずに引っぱってなんぼなのです。成就しない限り人間たちはいくらでも期待してお金を落としてくれるのですから」

神はくわっと顔を上げてガブリエルに噛(か)みついた。

「そんなに聖書の売り上げが大事か！　俺の名誉欲よりもか！」

まわりでミカエルたちがざわつく。

「なんて低俗な二択……」「さすが我が主……」

ガブリエルは慈愛にあふれる微笑(ほほえ)みで答える。

「もちろんです。名誉で水道光熱費は払えませんから」

神の歯ぎしりはその日、恒星をいくつか擂(す)り潰(つぶ)して消し飛ばしたほどだった。

「わかったよ！　だれにも気づかせずにやってやる！　ミカエル、すぐ出るぞ！」

「御意っ」

ミカエルの指示で戦闘天使の一人が出陣の喇叭(らっぱ)を吹き鳴らした。


以上が、人知れず抹消処理された小惑星《ニガヨモギ》事件の顛末(てんまつ)である。

砕かれた小惑星の破片は軌道を変え、そのほとんどが太陽の重力圏に捕らわれて超高熱ガスの海面に落ち、燃え尽きた。地球上では太陽活動のわずかな変動として観測されたのみで、神の御業に気づいた者はだれもいなかった。

ところで黙示録という言葉のもともとの意味はギリシャ語で「覆いを取り除く」、つまり「秘密を明らかにする」である。

秘密は、明かされなければならない。

ゆえに筆者は、独自に入手した神とガブリエルとのやりとりを短編小説という形にまとめ、発表することにした。

一冊の自著として世に出すとハレルヤ出版に気づかれて揉み消されるおそれがあったが、幸いにして『神様の本』をテーマとしたアンソロジーへの寄稿といううってつけの依頼を編集部からいただいたため、こうして諸先生の作品の間に紛れ込ませることに成功した。あとは天使たちの目に触れぬように祈るばかりだが、内容的に神に祈るわけにはいかないのがつらいところである。

神様の御用人　〜雲隠〜

浅葉なつ

「神様の御用人」シリーズ紹介

浅葉　なつ

イラスト／くろのくろ　メディアワークス文庫

神様にだって願いはある。神様と人の絆の物語。

神様たちの御用を聞いて回る人間――〝御用人〟。ある日突然、フリーターの良彦は、狐神からその役目を命じられた。膝を壊して野球の道を諦め、おまけに就職先まで失った良彦は、古事記やら民話やらに登場する神々に振り回されることになり……⁉

特殊能力もない、不思議な道具も持ってない、ごく普通の〝人間〟が神様にできること。それは果たして、助っ人なのかパシリなのか。けれどそこには、確かに神々の「秘めたる願い」があった。

全10巻発売中

《番外編》『神様の御用人　継いでゆく者』発売中

一

　幾日か前に正月を迎え、新年の寿ぎに浮足立っていた世間も、そろそろ日常の落ち着きを取り戻しつつある。そんな冬晴れの日曜日、黄金が古馴染みの土地神である大地主神から誘われて大主神社の裏山に顔を出すと、菓祖神の田道間守命と共にいそいそと敷物を広げている穂乃香の姿があった。

「お主も来ておったのか」

　大学生の彼女は、そろそろ授業が再開する時期ではないだろうか。神々の御用を聞いてまわる御用人であり、フリーターの良彦は、年末年始を返上したバイトの連勤を終え、今日は自宅で惰眠を貪っている。黄金がいないのをいいことに、昼まで寝るに違いない。

「大地主神様にぜひと言われて……」

　神や霊魂、精霊といった、通常の人間には視えないものが視える『天眼』という能力を持っている彼女は、御用を通じて良彦と知り合い、また父親が大主神社の宮司であることから、神々から何かと気安く声を掛けられる。それでも人の子にとっては貴重な休日に、わざわざこの『はっぴーたーん研究会』に顔を出すとは律儀な娘だ。

「お主もあの粉の正体に興味があるのか？」

黄金自身は、この「はっぴーたーんの旨みの粉の正体について議論する」という研究会の会員になったつもりはないのだが、なぜだか当然のように毎回呼び出され、もはや解説員のような立ち位置になっていた。方位神でありながら「黄金」と呼ばれる狐の姿を取り、良彦の家に居座っているのは、その方が人の世の食べ物を口にしやすいからだ――と思われている節がある。黄金としては、決してそうではないと否定しておきたい。

「どちらかというと、私はおやつ要員で……」

穂乃香は持参した紙箱を開けてみせる。そこには焼き色のついた膨らんだ生地の上に、薄っすらと粉砂糖のかかったシュークリームが詰まっていた。おそらく、彼女のアルバイト先であるカフェの商品だろう。

「あまりにも美味しそうだったので、私がりくえすとしてしまいました」

かつて大陸から橘の実を持ち帰り、今ではお菓子の神として祀られている田道間守命が、やや恐縮しつつ苦笑する。

「旨みの粉の正体については議論が尽きぬが、此度は『最近食べた旨いもの』について語り合おうと思うてな。人の子の食文化とは、我ら神々が追い付けぬほど早く移ろいゆく」

そう言って、大地主神（おおとこぬしのかみ）がシュークリームの入った箱を覗（のぞ）き込んだ。艶（あで）やかな着物姿ではあるものの、見た目が幼い少女である彼女には、そういう仕草が似合ってしまう。

「それに神と人以外の視点も欲しくてな、今日は特別な論客を呼んでおる」

大地主神（おおとこぬしのかみ）が振袖の手を伸べる先に、白毛に黒の斑（はん）が入った猫の姿があった。僧侶のような金地の袈裟（けさ）をまとい、両目は左が金、右が青。よもやここで再会するとはと、黄金はわずかに目を見張る。

「ふりかけおかか専門家、命婦（みょうぶ）の御許殿（おとど）だ」

平安時代、やんごとなき御方の飼い猫であった彼女は、前足をそろえて座ったまま、どこか誇らしげに尻尾を揺らした。

⛩

時計の針は、すでに午前十時をまわっている。それを一瞥（いちべつ）して、良彦は再び目を閉じた。今日は黄金もどこかへ出かけていて、口うるさく言われることもない。明日からまたバイト三昧の日々が始まるのだから、今日くらいはゆっくりしても許されるだろう。なにせ今日は日曜だ。世間も休日なのだから、自分も思う存分休みを満喫して何が悪い――などと思っていた矢先。

「ねえ良彦、源氏物語って知ってる？」

先ほどまで誰もいなかった部屋の中で、聞き慣れた声が唐突な質問をぶつけてくる。良彦はもはや驚きもせず、半ば面倒くさく目を開けた。出雲を統べる神とはいえ、不法侵入はこれで何度目だろうか。

「……寝てる人間にいきなり言うことがそれかよ」

「起きてるじゃん。普通の人の子なら、この大国主神の並々ならぬ威光を感じて、飛び起きるなり平伏なりするもんだよ」

ベッドの脇にしゃがみこんで、未だ体すら起こさない良彦と目を合わせ、大国主神はしれっと口にする。神様らしくないパーカーにジーンズというラフな格好だが、タレントかモデルかと見紛う容姿は相変わらずだ。寝起きに見るにはやや心臓に悪い。

「普通の神様は、人の部屋に突然押しかけて来ねえから……」

「細かいことは言いっこなしだよ。僕と君の仲じゃないか」

良彦が留守の間も、大国主神は勝手にこの部屋はおろか、家の中をうろついていることがある。目当ては自分や妹が所持している漫画だ。おかげで良彦は、シリーズの新刊を電子書籍で買うことを許されない。電子にしてしまえば、端末ごと持っていかれるだろう。その大国主神が、何やら文学作品の名前を口にしたような気がしたが。

「それより源氏物語だよ、源氏物語」

彼が繰り返し言うのを聞いて、やはり聞き間違いではなかったかと、良彦は眠気の覚めない目を擦る。

「……たぶん学校で習ったけど？」

聞いたことがあるが、読んだことはない。テストに出るので概要を丸暗記した程度だ。

「確かムラサキシキブが書いた……ヒカルゲンジっていう人の話だろ？」

気怠く答える良彦に、大国主神はやや驚いたように目を見張った。

「君でも知ってるってことは、人の子の間でもかなり有名な物語なんだね」

「オレの無知を指標にすんなよ」

「実は前々から、僕の麗しき妻である須勢理毘売がはまって読んでてさ。僕はほら、漫画の方は読んだことあったんだけど、原作は未読で――」

「あーそう」

「だから知らなかったんだ。『雲隠(くもがくれ)』のこと」

「何、『雲隠』って」

反射的に問い返した良彦は、大国主神(おおくにぬしのかみ)の目が爛(らん)と輝くのを見て露骨に顔をしかめた。これはまんまと罠(わな)にかかってしまったか。なんだか面倒くさいにおいがする。

「実はね、源氏物語は全部で五十四帖(じょう)あるんだ。帖っていうのは漫画でいうところの巻のことだと思っていいよ。それぞれの帖に『若紫』とか『葵』とか帖名(タイトル)があって、『雲隠』っていうのは、そのうちのひとつだ。本来であれば、『幻』と『匂宮(におうのみや)』の間にあるはずの帖で、話の流れから言えば、ちょうど主人公である光源氏が死を迎える場面にあたるんだけど――」

大国主神(おおくにぬしのかみ)はベッドに手をついて、良彦の方へ身を乗り出した。

「そんなに重要な場面を描いた帖だっていうのに、現世には『雲隠』の話が存在しないんだ」

その熱量についていけず、良彦は一拍おいて問い返す。

「……どういうこと？」

寝起きの人間に、あまりややこしい話をしないでほしい。

「帖名の『雲隠』という言葉だけがあって、本文が存在しないということだよ。最初から帖名のみしか存在せず本文は書かれなかったという説と、本文はあったが失われたという説がある。でも少なくとも鎌倉時代に成立した注釈書には、『雲隠』はもともとなかったと書かれてもいる」

「じゃあないんだろ。おつかれー」

「待て待て待て良彦！　君ならこの浪漫がわかるだろ！」

良彦の掛布団を引きはがして、大国主神は訴える。

「人の子が未だ発見できていないだけで、この世に残っている可能性は十分にある！　名草戸畔の簪だってそうだっただろう？　一緒に『雲隠』を探そうじゃないか！　もし発見できたら一攫千金ものだよ？」

良彦は盛大にため息を吐きながら、のろりと体を起こした。確かにそんなものが発見されれば大騒ぎになるだろう。良彦が貯めている神職養成所の学費どころか、働かなくても生きていけるほどの金が手に入るかもしれない。けれどこの出雲の王が、いくら良彦と親しくしてくれているとはいえ、そんな即物的なことを言い出すことがそもそもおかしい。

「……須勢理毘売がはまってるって言ったよな？」

良彦が問うと、大国主神が明らかに目を泳がせた。

「そうだよ。だから『雲隠』が見つかれば、須勢理毘売も喜んでくれると思うんだ」

「本当に？」

「ほ、本当だよ。きっと機嫌も直って、諸々のことを不問にしてくれるはず……」

「諸々のことって？」

良彦がさらに問い詰めると、大国主神は苦悶の表情を浮かべ、天を仰いで目を閉じた。

「キャバクラに行ったこととか――」

「解散!!」

叫んで、良彦は布団を頭からかぶり直した。要は浪漫も一攫千金も後付けで、ただ正妻である須勢理毘売に許しを請うための材料が欲しいのだ。

「待ってくれ良彦！　お願いだ！　僕一柱で現世を探すより、君の手があった方が助かるんだよ！」

「キャバクラに行ける奴が、一柱で探し物できないわけねえだろ」

「御用人が探してるっていう体にしてる方が、いろんな神からも情報が集まるかもしれないだろ！」

大国主神に再び布団をはぎ取られ、良彦は言い返す。

「いやお前自身神様じゃん！　それにあるかないかわかんねえもん探すより、誠心誠意自分で詫びろよ！　俺を巻き込むな！」

「この僕が詫びてないとでも思ってるのか？　神代から何度須勢理に詫びてきたと思ってるんだ！」

「なんで偉そうなんだよ！」

「そろそろ珍しいもののひとつでも献上しておかないとまずい時節だ。これは僕の長年の勘だよ」

大国主神は、言わずと知れた国造りの神であり、各地で様々な女神との間に子を残した神でもある。当時はそれが繁栄の証でもあった。だからこそ今でも、好みの女性を見れば口説きに行くのが常になっているのだ。実際初対面の穂乃香にプロポーズまでしている。しかし正妻である須勢理毘売には、唯一無二の愛情を持っていることも確かだ。

「須勢理毘売には感謝しているんだ。こんな僕の妻になってくれて、愛想を尽かさずにずっと一緒にいてくれる」

ぽつりとこぼす大国主神に、良彦は長い溜息を吐く。この夫婦のややこしさと愛情の深さは、これまでに何度も目にしてきた。須勢理毘売は穂乃香のことも目にかけてくれており、御用に翻弄される良彦にとっても心強い味方だ。

ベッドの上に座り直し、面倒くさく首元を掻いて、良彦は渋い顔で大国主神に目を向けた。この上なく気が進まないが、このままだとずっと居座られかねないので仕方がない。

「……心当たりあんの？」

心底嫌そうに尋ねた良彦に、大国主神は満面の笑みで頷いた。

二

大国主神が良彦を連れてきたのは、京都の中でも賀茂氏に縁のある神社だった。一の鳥居をくぐった先に、白い玉砂利の敷かれた真っ直ぐな参道があり、両脇には芝生の広場がある。競馬や、葵祭の舞台としても有名な神社だ。

「現世の人の子が知らないことでも、実際に紫式部に会ったことがある神なら、何か知ってる可能性がある。だから、片っ端から話を聞こうと思ってさ」

そう言って、大国主神は慣れたように境内の中を流れる小川を渡り、本殿へと続く楼門の方角を目指す。良彦はそのあとについて歩きながら、ある地点を越えたあたりで、透明な膜のようなものをくぐった感覚があった。途端に、参拝客の話し声が遠くなる。これ以降、良彦の姿は他の人間には視えなくなっただろう。要は、そういう結界だ。

楼門の手前、小川沿いにある摂社は、先ほどまで年月を経た深い木肌色の社に見えていたが、心なしかより艶やかになった気がする。そしていつの間にかその社前に、萌黄色の亀甲地に白の葵葉の柄があしらわれた袿を纏い、長い髪を結った若い女性の姿があった。

「賀茂玉依姫命はいらっしゃるかな？」

大国主神の問いかけに、女性は承知するように頭を下げ、社の中へと良彦たちを案内した。

良彦は御用人として社に足を踏み入れたことは何度かあるが、神々が住まう社の中は、その外見からは想像がつかないほどに広い。今回の社も、入り口をくぐるとそこには時代劇で見るような寝殿造りの光景が広がっていた。白木の廊下は磨かれ、御簾の縁取りも細やかな刺繍が施されており、迂闊に触れることをためらうほどだ。

「なあ、かもたま……何とかっていう神様、どんな感じの神？」

廊下を進む大国主神の背中に、良彦は呼びかける。京都市内でも有名な神社なので、良彦も訪れたことはあるが、そこに鎮座する神様たちの知識はほぼない。特に本殿ではない摂社となれば、なおさらだ。

「ここの主祭神である賀茂別雷大神の母君だよ」

「お母さん？」

「丹塗りの矢を拾って、息子を懐妊したんだ。だから今では、安産や縁結びの神として祀られてる」

「矢で妊娠したのか……」

もちろん比喩ではあろうが、神話というものは現代人の価値観では量りかねるところがある。

やがて良彦たちは、御簾の上げられた母屋に通され、そこには侍女たちと聞香を楽しむ、やや年配の女性の姿があった。輝くような銀糸の地に鮮やかな新緑のような双葉葵柄の袿は、ひと目で彼女がこの社の主人だとわからせる。

「あらあら、珍しい神がお越しね」

雪のように白い香炉を置いて、賀茂玉依姫命が良彦たちに目を向ける。その聡明な眼差しを受けて、良彦は無意識に頭を下げた。

「突然申し訳ない。香遊びの途中だったかな？」

大国主神は引き揚げる侍女たちの手元にある紙に目をやりながら、賀茂玉依姫命の正面に腰を下ろした。良彦は、そのやや後ろに控える。

「かまいませんよ、ほんの手慰みです。それより、出雲の縁結びの神が、賀茂の縁結びの神に何の用かしら。その人の子の縁の結び先でも神議しに？」

賀茂玉依姫命が、興味深そうに良彦に目を向けた。

「望む縁なら自分で掴み取りに行く者こそを応援する、が、賀茂玉依姫命の信条じゃなかった？　まあ僕もその考え方には大いに賛成だけどさ」

「貴方がただ縁を『祈り待つ』だけの男神ならば、須勢理毘売も苦労をしなくて済んだでしょうにねぇ」

「余計なお世話だよ」

しみじみと言われて、大国主神が渋面を作った。それを見た賀茂玉依姫命が、袖で口元を押さえてころころと笑い、良彦へ視線を移す。

「そなたもどんな事情があるのかは知らないけれど、大国主神に頼るのはお勧めしないわよ」

「あ、いや、オレは——」

良彦は慌てて口を開いた。このままでは、ただの縁結び祈願にやってきた人になってしまう。

しかし訂正しようとした良彦を遮るように、賀茂玉依姫命が不意にこちらへ身を乗り出した。

「――見えるわ。そなたの中に燃える恋の炎が……」

良彦の心の中を見透かすように目を細め、賀茂玉依姫命は口にする。

「炎……？」

「誤魔化してもだめよ。私にはわかるの」

厚畳を降りて良彦の前に座り直し、賀茂玉依姫命は改めて目線を合わせた。

「人の子が恋をするということは素晴らしいことだわ。何も恥じることはないの」

「違……」

「でもそれは、自分の力で叶えてこそ実になるものよ。神に祈ることよりも、まずは相手と対話し、時間を共有することが大事」

「オレは別に……」

「不安な気持ちもわかるわ。私でよければ話を聞いてあげる。古い神だからと心配しないで。これでも恋愛リアリティショー番組は欠かさず観ているの。恋愛の価値観は時代に合わせてバージョンアップしているわ」

「それが基準になってるのが逆に怖い……」

良彦は、賀茂玉依姫命の視線から逃れるように身を縮めた。現代の文明になじみ、それを謳歌している神々は意外に多いが、まさか縁結びの神が人間の恋愛ドラマを楽しんでいるとは。

「もう息子も立派な神になって、自分自身の色恋沙汰など、もう遠い昔のことなのよ。あの恋をした時のときめき……胸の高鳴り……。ああ、そなたは今まさにその渦中にあるのね。うらやましい……」

賀茂玉依姫命がうっとりと息を吐いて続ける。

「近頃は侍女たちも浮いた話がなくて、つまらないのよ。人の子の若い世代は、草食系だなんて言われて恋愛をしない者も多いじゃない？　ここへ参拝に来ても、恋愛というより『ご縁』そのものを望む人の子が多いの」

「はあ……」

「だからあなたのように、恋の炎を灯している人の子はわくわくするわ。お相手はどんな人なの？　どこで知り合って、どんなところに惹かれたの？　あなたの恋路を聞かせてちょうだい」

前のめりで言われて、良彦は確信する。

おそらくこの女神は、なぜだかいろいろな社員の恋愛事情を知っているパートのおばちゃんのように、人の子の色恋をあれこれと聞くのが好きなタイプだ。だからこそ縁結びの神だとも言えるのだが。

「水臭いじゃないか良彦！　気になる人がいるなら、なんで僕に相談してくれなかったのさ⁉」

悪ノリした大国主神が、良彦の両肩をつかんで大げさに訴える。

「僕だって縁結びの神だよ⁉」

「ちょっと黙っててもらっていいすか？」

良彦はうんざりと口にする。一体誰のせいでここに来ることになったのか。

「すみません、オレは縁結びの相談に来たんじゃなくて、御用人なんです。でも今日は御用じゃなくて、大国主神の付き添いで」

大国主神を引きはがし、良彦は賀茂玉依姫命に目を向けた。

「御用人が付き添い？」

「須勢理毘売の機嫌をとりたいから、協力しろって言われて」

「なんで全部言うかな⁉」

しれっと報告した良彦に、大国主神が食って掛かる。それを見て、賀茂玉依姫命が再度声を上げて笑った。

「御用人も苦労するわね。良彦と言ったかしら？　黄金様はお元気？」

「オレの朝飯を奪うくらいには元気です。今日は朝からどっかに出かけてますけど」

今朝、大国主神に叩き起こされた後キッチンに降りると、良彦が朝食用にとっておいたソーセージパンがなくなっていた。雑に破かれた外装袋が、誰もいないリビングに放置されていたので、あいつの仕業に違いない。せめてゴミはゴミ箱に入れておいてくれないだろうか。

賀茂玉依姫命は顔を伏せてひとしきり笑った後で、改めて機嫌よく良彦らに目をやる。

「では、須勢理毘売の機嫌をとるために、私にできることは何かしら？」

良彦は大国主神と目を合わせ、仕方なく口を開く。

「紫式部の書いた『源氏物語』について、知りたいらしいんです」

それを聞いて、賀茂玉依姫命はやや驚いたように目を見張った。

「正確に言うと、『源氏物語』の中の『雲隠』についてだ」

「雲隠……」

大国主神の言葉を聞いて、賀茂玉依姫命はふと目を伏せた。

「五十四帖の源氏物語の中で、『雲隠』のみ本文が現存しない。でももしかしたら、どこかに残ってる可能性があるんじゃないかと思って探してるんだ。賀茂玉依姫命は、紫式部と会ったことがあるよね？」

その問いに、賀茂玉依姫命はゆっくりと立ち上がり庇に出た。社の中であるはずが、ここからは空が見える。そこにたなびく雲を見つめながら、賀茂玉依姫命は口を開いた。

「ほととぎす　声まつほどは片岡の　もりのしずくに　たちやぬれまし」

一音を長く伸ばす独特の節回しで読まれた和歌に、良彦は大国主神の服を引っ張る。

「何、どういう意味？」

「紫式部がここに参拝した時に詠んだ歌だよ。ほととぎすの声を待つ間は、この社の森の梢の下で、朝露に濡れてもずっと待っています、っていう」

「バードウォッチングが趣味とか？」

「君、恋愛に関しては本当に鈍いよね……。比喩だよ比喩。好きな人を待ってるってこと」

　あきれた目を向けられて、良彦は渋面を作る。ほととぎすが好きな相手を指すなど、学校で習った覚えはない。

「藤式部、紫式部――そう呼ばれる前は、香子という名でした。父は長く官職に就けず、貧しい暮らしをしていましたが、人並みに恋をして、愛されることを望んでいた人の子よ。この社に来たのも、越前に赴く前の安全祈願と、縁結びのためだったと記憶しています。当然だけれど、彼女は天眼ではなかった故、会ったとは言ってもこちらが一方的に見かけていただけですよ。宮中で『源氏物語』が流行り始めた頃、その作者が香子だと聞いて驚いたものです」

　当時を思い出すように、賀茂玉依姫命は微笑む。

「漢籍を愛する才女でしたが、華やかな宮仕えが肌に合わず、五カ月も家に引きこもったこともあるんですよ。おそらく大国主神とは気が合わないでしょうね」

「僕はそういう人の子、わりと好きなんだけどね」

　大国主神は、自他ともに明るく人見知りをしない自覚がある。仮に宮中にいたとしたら、間違いなく彼を中心に輪ができるタイプだ。五カ月家に引きこもる紫式部の気持ちは、怪我が原因で野球を止め、実際に引きこもった良彦の方が理解できるかもしれない。

「賀茂玉依姫命も、当時『源氏物語』を読んだの？」

大国主神の問いに、賀茂玉依姫命はおどけるように肩をすくめる。

「夢中で読みましたとも。早く次の話が出ないかと、待ち焦がれるほどに」

「その頃に、『雲隠』はあった？」

賀茂玉依姫命は思案するような様子で母屋へ戻ってきて、厚畳の上へ座り直す。

「結論から言うと、わかりません。もっと正確に言えば、『私は読んでいない』。当時手を尽くしましたが、ついぞ読むことはできませんでした」

良彦は、大国主神と顔を見合わせた。熱心な読者であったらしい賀茂玉依姫命でさえ読んでいないのであれば、そもそも存在しなかったのだろうか。

「てかさ、そもそもなんで『雲隠』だけないの？　光源氏の最期を描いた重要な話なんだろ？　そこがないと物語として完結しないじゃん。読者もいっぱいいたみたいだし、だからこそ現代まで伝わってるんだろ？　紫式部としては書き切りたかったんじゃねえのかな」

連載している漫画などでも、人気がなければ打ち切りになってしまうことはある。良彦も雑誌で何度か消化不良で終わってしまった漫画を見たが、作者としては完結させたいという思いは当然あるはずだ。

良彦の言葉を受けて、大国主神が腕を組む。

「『雲隠』の次の帖はあるわけだから、あえて書かなかったのか……。光源氏の人気が凄すぎて、その死に際を読んで実際に出家してしまう人が続出したから、時の帝である一条天皇が『雲隠』を処分したなんていう話もあるけど……」

「あー、推しが死んで、ショック受けた人がいっぱいいたってことか」

現代よりずっと娯楽が少なかった当時、光源氏に恋をした女性はたくさんいたのではないだろうか。

「『雲隠』がないせいで、後世に『雲隠六帖』なんてものまで作られるし……」

「何それ」

「室町時代に作られた補作だよ。ざっくり言うと、同人誌みたいな。どうしても光源氏の最期を知りたかった誰かが書いた、作者不明の物語だ。それに最終帖の『夢浮橋』の後日譚を描いた五帖を合わせて、『雲隠六帖』」

「そんなのまであんのか……」

「ただ、ストーリーだけを簡潔に描いた感じで、紫式部の色鮮やかな文才には遠く及ばないけどね」

良彦たちの会話を聞いていた賀茂玉依姫命が、どこか居心地の悪そうな顔をする。

「……それでも、そのくらい愛されてた物語だってことなんだな」

良彦はぽつりと口にした。

自分にとっては、学校で習った知識のひとつにしか過ぎなかったが、初めてそれに血が通ったように思えた。千年以上前の文学作品という以上に、それを書いた作者がいて、読み継いだ読者がいたことが、急に実感を伴うようにその身に降りた気がする。

「いつの時代も、あの物語とその作者に、想いを馳せる誰かがいたということでしょう」

袿の袖を美しく揃えて、賀茂玉依姫命が取り繕うように微笑んだ。

「今の貴方たちがそうであるように」

⛩

一方その頃、大主山の一角では『はっぴーたーん研究会』メンバーによる、シュークリームの評論が行われていた。

「ふわふわとしているのにぱりぱりとしてもおり……まことに妙な食感であるな」

大地主神が口の周りをクリームでべたべたにしながら、すまし顔で口にする。

「この中に入っている『くりいむ』にもいろいろな味があるのですよ。私が作ったのは、おれんじ味のものでした」

田道間守命がどこか誇らしげに報告する。橘の実を待ち焦がれ亡くなった垂仁天皇のために、良彦や穂乃香を巻き込んでオレンジシュークリームを作ったのは、何年前のことであったか。

「外がかりかりで、中がとろとろというのは、猫のおやつにも似たようなやつがあったはずにゃ。まったく、現世の猫は恵まれているにゃ。かつお出汁すーぷ研究家としては、国産のかつおを使ったものが――」

命婦の御許が得意げに話し始めるのを聞きながら、黄金は口の周りのクリームを舐めとった。生クリームとカスタードクリームが混ざり合い、けれど決して甘すぎず、ついついもうひとつと手が伸びそうになる味わいだ。

「……あの、黄金様」

所在なげに座っていた穂乃香が、小さな声でそっと囁きかける。

「命婦の御許様とは、一体どんな方なんでしょう。どこかのご祭神ですか？」

問われて、黄金ははたと気づく。そういえば彼女は、御許とは初対面だ。

「命婦は、平安時代の一条天皇の飼い猫だ。今では現世で命を終えた猫たちが、幽冥に行く手伝いをしておる」

良彦が三条小鍛冶宗近命(さんじょうこかじむねちかのみこと)からの御用を受け、その解決の糸口を示してくれたのが御許だ。もっともそのために、良彦は猫用おやつを買いに走る羽目になったのだが。

「人の子にわかりやすく言えば、清少納言や紫式部などと同じ時代を生きた御猫なのだぞ。おそらく本人らにも会っておるだろう」

「そんな猫様だったんですね……」

穂乃香が驚いたように目を見張る。当の本猫は、今度はフリーズドライささみ愛好家として熱弁をふるっている。

「今は腹に溜(た)まる毛玉や、腎臓に配慮したふうどが出てるんにゃ。味も、まぐろやささみ、ほたてなんかもある。それだけ猫は人の子に大事にされとるってことやにゃ。そりゃ帝も愛するわけにゃ。帝は我が大事な書を破いても、厚畳で爪を研いでも、決して怒りはせず、優しく撫(な)でてくださったにゃ」

「ははあ、命婦殿は帝にそれほど愛されておられたのですねぇ」

田道間守命(たじまもりのみこと)が感心したように言って、シュークリームを齧(かじ)る。

「肉の体を脱いだおかげで、今はこのようなすいーつも食べ物も食べられるようになったにゃ。しかし運動も欠かしてはおらぬぞ。だんぼーる爪研ぎ評論家としては――」

一体いくつの肩書を持っているのか、御許の話は続いていく。

三

その物語を書いた作者があの香子だったと知ったとき、自身に走った衝撃を賀茂玉依姫命は今でもよく覚えている。身分の高い妻を娶ることが、男性の出世の手段だったあの時代、好きでもない相手との結婚は珍しくなかった。それでも香子は純粋に愛し愛されることを望んでいた……はずなのだが、彼女が描く主人公『光源氏』は、数多の女性に愛を囁きながら奔放に生きていた。香子が『源氏物語』を書き始めたのは、すでに二十五歳を過ぎた頃であり、父の越前への赴任にも同行し、世の中の酸いことも甘いことも、その身に感じていたからこそ出来上がった物語なのだろう。

宮中で流行っているらしいと、遣いに行った賀茂玉依姫命の侍女が写本を持ち帰ったのをきっかけに、神々の間でも紫式部が紡ぐ物語が知られることになった。それまでに日記や随筆、和歌集のようなものは作られていたが、宇津保物語以降これほど長編の創作物語は、日の本で初めて書かれたのだ。おまけにその内容は、当時のリアルな人の子の恋愛模様を鮮やかに写し取っていた。縁結びの神として、また、個神的にも人の子の恋愛に興味があった賀茂玉依姫命にとって、『源氏物語』は誰よりも夢中になる読み物だった。

そして何より、漢詩を学ぶことすら生意気だと言われた当時の貴族女性の中で、物語を書くという、とても革新的なことをやってのける者が出てきたことが嬉しかった。しかもそれが、あの香子だったのだ。

待っているだけ。

祈っているだけ。

それだけでは何も叶わないことを、彼女は気づいていたのかもしれない。

賀茂玉依姫命は、手元の写本を何度も読み返しながら物語の続きを待ち、侍女が新しい写本を手に入れて帰ってくると、時間も忘れて読み耽った。しかしいつの日か、ぱたりと新しい物語が手に入らなくなってしまったのだ。次の話では、いよいよ光源氏の行く末が描かれるであろうという期待があっただけに、賀茂玉依姫命をはじめとする読者は相当焦らされていた。

「紫式部の筆が止まっているようでございます。結末を決めきれない様子で……」

様子を見に行った侍女からそんな報告を聞き、賀茂玉依姫命は我が事のように落ち着かず、部屋の中をうろうろと歩き回った。

「一体何を迷っているのかしら。あの続きを、どれだけの者が待っていると思っているの……」

早く続きが読みたい。

紫式部の描き出す、香の薫りすら漂ってきそうな鮮やかな世界に浸りたい。

そう思いながら、その日は既刊を眺めて過ごしていたが、夜になってとうとう耐え切れなくなった。

「……見に行くだけ」

自身に言い聞かせるように、賀茂玉依姫命はつぶやいた。

庇から見上げた空には、美しい月が浮かんでいる。

「見に行くだけよ。それならいいじゃない」

あの物語は人の子である彼女が自身の手で書くからこそ価値があるものだ。そこには神であろうと介入は許されない。

しかし。

しかし見に行くだけであれば――。

「……我ながら、神のくせに滑稽なことを考えるものね」

賀茂玉依姫命は自嘲気味に息を吐き、周囲に侍女の姿がないことを何気なく確かめる。そして一呼吸置いた次の瞬間、脱兎のごとく宮中に向かって駆け出した。


宮中で働く女房たちは、住み込みで働く者もいれば、自宅から通う者もいる。一条天皇に入内した藤原彰子に仕えていた紫式部は前者で、御簾や几帳で囲った局を与えられ、そこで寝起きし、執筆をしているようだ。中宮に仕える女房ともなれば、人数もそれなりにいるため、賀茂玉依姫命は几帳の陰や、御簾の隙間から覗き込んでは、紫式部の姿を探した。すでに夜は深く、眠っている者も多い。

「まだ起きていらっしゃったの？」

ふとか細い声が聞こえて、賀茂玉依姫命は薄暗い渡殿でその声の主を探した。二つ向こうの御簾から、弱々しい燈光が漏れている。その前に、一人の小柄な女房の姿があった。

「あまり根を詰めないようにね」

彼女は御簾の中へそう告げると、しずしずと歩いていく。その背中を見送って、賀茂玉依姫命は明かりが点いている局の中をそっと覗いた。そこでは袖を抜いた袿を肩にかけた女性が、文机の前でぼんやりと物思いに耽っていた。賀茂玉依姫命の記憶より幾分年を重ねた、香子に違いなかった。文机の上には一枚の紙があり、そこには思いついた物語の草案を書き付けたようなメモがある。よほど行き詰っているのか、端の方には猫らしき落書きまでしてあった。

「……紫式部殿」

賀茂玉依姫命は意を決して、小さく呼びかける。

御簾の向こうで衣擦れの音がして、訝し気な声が返った。

「どなた？」

「貴女様の書く物語を、待っている者でございます。どうかそのまま、お聞きください」

こちらに身を乗り出そうとした紫式部の手が止まる。どうせ賀茂玉依姫命の姿は見えないだろうが、それはそれで怖がらせてしまうだろう。

「近頃筆が止まっているとお聞きいたしました。何が貴女様を煩わせているのでしょう」

あの物語の続きを、賀茂玉依姫命だけでなく、多くの人が待ち望んでいる。彼女が仕えている中宮彰子も、そのうちの一人だろう。

「……あなたで何人目かしら」

ため息交じりに、紫式部が口にする。

「そう急(せ)かされてしまっては、書けるものも書けなくなってしまうじゃないの」

「……申し訳ありません」

賀茂玉依姫命(かもたまよりひめのみこと)は苦笑する。確かにそうだ。こちらの想いばかりで走りすぎただろうか。

「冗談よ。それだけ楽しみにしてくれているということですものね」

紫式部は吐息に混ぜて、少し自嘲気味に笑ったようだった。

「私もなぜ書けないのかをずっと考えているの。わかったことといえば、きっと怖いのだろうということくらいよ」

「怖い？」

問い返した賀茂玉依姫命(かもたまよりひめのみこと)に、紫式部はやや間をあけて答える。

「……ええ、とても怖いの」

燈台(とうだい)で燃える炎のように、彼女は儚(はかな)げにつぶやいた。

そしてそれ以上、語ることはなかった。

幸い、神は人の子よりもずっと永い時を生きる。

こうなったらとことん待とうではないか。

そんな決意を込めて、賀茂玉依姫命が季節の巡りを感じながら過ごしている間に、物語は主人公の最期を置き去りにしたまま、その子どもたちを描く話から再開された。

光源氏はその死に際を晒さないまま、まさに雲隠れしてしまったのだ。


「お客様は帰られたのですか？」

当時のことを思い出していた賀茂玉依姫命のもとへ、息子の賀茂別雷大神が顔を出した。

「ええ。久方ぶりに、大国主神と、人の子と話をしました」

「おや、人の子が母上に何用だったのでしょう」

息子の問いに、賀茂玉依姫命は少し思案して問い返す。

「ねえ、人の子にとって、『死』とは何だと思う？」

唐突な質問に、賀茂別雷大神は戸惑いつつも口を開いた。

「人の子にとって死とは……、悲しいこと、永遠の別れ、などでしょうか。昔は『穢れ』という考え方もあったようですが」

「そうね。神である私たちもわかってはいるのよね。人の子の死……肉体を脱いで、魂が幽冥へ行き、大神の海へ還(かえ)ること。この世しか見ることのできない彼らにとって、家族や友人の死は身を引き裂かれるほどの哀惜を伴うものであり、穏やかに受け入れることができる者は少ない」

神が見ている世界の半分しか、人の子の目には映らない。死後の魂の行方も、その後の安らぎも知ることはない。だからこそ死を恐れ、それに逆らうことのできない自分たちを嘆く。

しかし神々(わたしたち)は、本当に人の子の『死』を理解できているのだろうか。

有限の命を抱える彼らの、本質的な悲哀に寄り添えているのだろうか。

そのことに気が付いたとき、光源氏の最期を描かなかった紫式部の——香子の気持ちが少しだけわかった気がした。

「……『雲隠六帖』を覚えている？」

賀茂玉依姫命(かもたまよりひめのみこと)が尋ねると、息子はすぐに口端を持ち上げて頷いた。

「もちろんです」

「大国主神(おおくにぬしのかみ)からあの名前を聞いたとき、息が止まりそうでした」

「まさか、ばれてしまったのですか？」

「いいえ。彼らが探していたのは本物の『雲隠』でした。『雲隠六帖』については、紫式部の文才には遠く及ばぬと」

それを聞いて、賀茂別雷大神は声をたてて笑った。賀茂玉依姫命はそれを、しかめ面で見やる。

「しょうがないじゃない。だいたい人の子の世に出るなんて思ってなかったんだもの。そもそも、あなたが面白がっていろいろな神に見せるから、人の世に流出したのよ」

「失礼しました。けれど、あの物語の続きを読みたいと思っていた神々は多かったのですよ。もちろん人の子も」

「余計なことをしてくれたおかげで、今更私が書いたとは言えなくなってしまったじゃないの」

最初は、ほんの出来心だったのだ。

櫃から当時の写本が出てきて懐かしく眺めていたら、ふと紫式部の描かなかった光源氏の最期を書いてみたくなった。

書いてみれば、『雲隠』という帖名のみを残した、彼女の気持ちもわかるかもしれないと。

しかし、完成したものを読んでいる分には気楽だったが、いざ自分が筆を執ると、思った以上に難しい作業だった。そして同時に、たとえ物語の中でも誰かを『死なせる』ということが、予想以上に重く双肩にのしかかることを知った。

読んだ誰もが納得する、最上の死を彼に。

そう思うものの、一体それがどんなものであるのかがわからない。

心の中に生まれるおぼろげな言葉は、文字にしようとした瞬間に砂のように崩れて消えていく。

ただの物語であるのに。

紙の中にしか存在しない者であるというのに。

筆を握る間、一文字一文字を刻み込むように記す間、賀茂玉依姫命にとって光源氏は、血肉を持った人の子としてそこに存在しているようだった。

――ああ香子、あなたはこんなに辛い思いをしていたのね。

それは愛しい我が子か、最愛の人か。

自ら生み出した輝くような命を、この手で終わらせる痛み。

そもそもあの物語は、紫式部が夫を亡くした悲しみを紛らわせるために書き始めたのだと聞く。だからこそ彼女は「怖い」と言ったのだろう。

書かなかったのではなくて、きっと書けなかったのだ。

その苦悶に触れたとき、初めて賀茂玉依姫命の中であの物語が完結した気がした。

「結局、紫式部の書いた『雲隠』は、母上が宮中でご覧になった草稿しかないのですよね？」

息子とともに廂に出ると、冬の柔らかな日差しが二柱を包んだ。

「それが帝や中宮に献上されていれば、残っている可能性もあるでしょうけれど……」

紙が貴重だった当時、書き損じなどの紙を抄き直して、薄墨紙として公文書などに使用していた。きっと『雲隠』の草稿も、数多の紙とともに溶かされ、役目を終えたのだろう。

「まさか千年以上たってなお、人々に読み継がれる物語になるとは、香子も思っていなかったでしょうね」

晴れ渡った空を見上げながら、賀茂玉依姫命は当時参拝に来た彼女の姿を思い返す。

「書けなかった『雲隠』や、最終帖である『夢浮橋』に続く五帖の補作を、『雲隠六帖』として賀茂玉依姫命が書くとも思っていなかったかと」

息子に言われて、母は彼の顔をじとりと見上げた。

「『山路の露※』を書いた者もいることを忘れないでちょうだい。もしかしたら、他にも書いている人の子がいるかもしれないわよ。世に出ていないだけで」

「そうでしょうか？」

「そうよ。だって誰しもが物語を心の中に紡いでいるもの」

再び空へと目を向けながら、賀茂玉依姫命（かもたまよりひめのみこと）は笑う。

「誰かの物語が、今日もどこかで生まれているわ」

※『山路の露』……『夢浮橋』の後日談。作者不明。

⛩

賀茂玉依姫命（かもたまよりひめのみこと）の社からいったん家に戻ってきた良彦は、帰宅していた妹から『源氏物語』を原作にした漫画を全巻借り受けた。確か以前、大国主神（おおくにぬしのかみ）が読んでいたものだ。いきなり翻訳版の文章を読むより、こちらの方が自分には理解しやすいだろう。古典など今まで見向きもしなかったが、賀茂玉依姫命（かもたまよりひめのみこと）が夢中になって読んだと聞いて、少し興味がわいてきたのだ。

「賀茂玉依姫命（かもたまよりひめのみこと）も知らないとなると……、あと紫式部のことをよく知ってるのは……

建御雷之男神かぁ」

　漫画を広げている良彦の隣では、大国主神が腕を組んで唸っている。賀茂玉依姫命の話を聞く限り、『雲隠』の本文は存在しない可能性の方が大きいと思うのだが、彼はまだ粘りたいらしい。しかし建御雷之男神は、国譲りの際にやり合った男神なので、訪ねるのを渋っているのだ。

「もうあきらめたら？」

　良彦は漫画のページをめくりながら口にする。

「『雲隠六帖』の方でいいじゃん」

「だめだよ！　あれはあくまでも『源氏物語』に感化された誰かが書いたものであって、『紫式部の物語』じゃない。それに須勢理毘売はもう『雲隠六帖』は読んでて──」

「私がどうかしたのかしら？」

　不意に声がして、大国主神が背中を震わせて弾かれたように振り返る。

「噂をすれば……」

　良彦は突然現れた女神の方へ、ちらりと視線を滑らせた。ツイードのスーツに長い髪を美しく巻いて、須勢理毘売はあからさまに動揺している夫を一瞥する。

「さっき父様のお遣いで賀茂玉依姫命のところに寄ったら、良彦と一緒に訪ねていたようだけど？」

「あ、ああ、たまには賀茂のご機嫌もうかがっておこうかなって――」

「キャバクラに行った詫びに、『源氏物語』の『雲隠』を探しに行ったんだよ」

言い訳する大国主神に、良彦がさらりと口を挟む。

「だから！　なんで君は全部言っちゃうのさ⁉」

大国主神が良彦の両肩をつかんで揺さぶる。この男神は、察しのいい妻が何も気づかないままここに来たとでも思っているのだろうか。

「そんなことだろうと思ったわ。良彦まで巻き込んで何やってるのよ」

案の定、須勢理毘売が呆れたようにため息をつく。神代からずっと、大国主神は彼女の手の上で踊らされているのだ。

「で、でも、須勢理だって読んでみたいだろ？　本物の『雲隠』」

取り繕うように大国主神に問われて、須勢理毘売は小首をかしげて思案した。

「どうかしら。読みたくないとは言わないけど、『雲隠』は存在しないからこそ価値があるんじゃない？」

その言葉に、良彦は思わず顔を上げる。

「奔放に生きた光源氏がどんなふうに人生を終えたのか、それがわからないからこそ、想像する楽しみがあるのよ」

雲間から新しい光が差すような、新鮮な驚きだった。

想像する楽しみ。

それは確かに、正しい答えがあっては味わえないものかもしれない。

「公式が『ない』からこそ、光源氏は読者一人一人の想いの中で、それぞれが思うように生きて、死んだのよ。それでいいんじゃない？」

「いやいやいやよくないよ！　絶対にちゃんとわかった方がすっきりするし、読者が望むのは『紫式部の描く光源氏の最期』だろ？　想像でいいなんて、寺の鴨居（かもい）に頭ぶつけて死んだとか、そんなのでもいいわけ？」

「想像することは自由よ」

「でもさあ！」

夫婦の言い争いを聞きながら、良彦は再び漫画に目を戻した。約千年前にこの原作を書いた紫式部も、令和の世で大国主神（おおくにぬしのかみ）と須勢理毘売（すせりびめ）が『雲隠』を理由に喧嘩（けんか）をしているとは思わなかっただろう。

この物語を最後まで読めば、良彦にも光源氏の散り際が想像できるだろうか。

誰にも奪えない、誰にも否定できない『雲隠』が。

「……もしかして紫式部は、そこまで見越してわざと『雲隠』を書かなかったとか？」

ふと口にして、良彦は「んなわけないか」と自嘲して否定する。だがきっとそれも、想像することは自由なのだろう。

「良彦はどう思う⁉　絶対答えがあった方がいいよね？」

「なくたっていいわよ。そう思わない？」

二柱に問い詰められて、良彦は長い息を吐いた。

「読んでるから静かにして……」

神々と人の子の苦悩など素知らぬ様子で、ページの中の光源氏は美しく笑っている。

⛩

良彦が夫婦喧嘩に巻き込まれている頃、『はっぴーたーん研究会』も佳境を迎えていた。

「――しかしな、確かに現代は美味いものが増えたが、たまには昔に立ち返るのも大事ではないかと考えることがあるにゃ」

命婦の御許は神妙に言って、ふらりとどこかへ消えたかと思うと、大きな風呂敷包みを持って戻ってくる。

「人数分、用意しといたにゃ」

主催である大地主神の前にそれを置き、御許はぺろぺろと自身の前足を舐めた。

「新たな美味いものか？」

包みを開ける大地主神の手元を、黄金は身を乗り出して覗き込む。何やらいろいろとこだわりがありそうな御許が持ってきたものなら、俄然興味も湧く。

「まあ落ち着け。人数分あるというのだから」

いつもは黄金と献饌を争っている大地主神が、もったいぶった手つきで風呂敷を解いた。すぐに見えたのは墨で何やら書きつけられた古い和紙で、肝心のものはそれに包まれているらしい。

「昔はよく、帝にも取ってやったんにゃ」

得意げに言う御許の顔を見て、黄金の胸に一抹の不安がよぎった。

そうだ、奴は猫だ。

猫なのだ。

大地主神が恐る恐る紙を外すと、そこには丸々とした雀が五羽横たわっていた。絶命はしておらず、気絶しているだけのようだ。

「今の時季が、一番脂がのって美味いんにゃ」

黄金の隣で、穂乃香が絶句している。残念ながら、ここには御許以外雀を生で食べる習慣がある者はいない。狐の姿ではあるものの、黄金もわざわざ雀を捕まえて食べようとは思わない。

「御許殿、これはさすがに……」

「遠慮せず食べるにゃ。羽は口の中に貼りつくから、ぺっと出すといいにゃ。それともちょっと遊んでからにするかにゃ？」

硬直する三柱と一人を前に、御許が前足で雀をつついた。すると一羽が意識を取り戻し、次々と他の雀も起き上がって飛び立とうとする。

「逃がすにゃ！　捕まえるにゃ！」

すかさず御許が飛び掛かり、空振りした前足が正面にいた田道間守命の顔面に炸裂した。悲鳴を上げて倒れこんだ田道間守命をよそに、雀たちは大地主神に助けを求めてまとわりつき、髪の毛や着物の中に入り込もうとする。それを狙って、御許が再び尻尾を太くして戦闘態勢に入った。

「ど、どうしましょう黄金様」

「どうもこうもあるまい……」

シュークリームの他に、さらに美味いものが食えるかもしれないと期待した自分が愚かだったか。黄金はわかりやすく肩を落とし、その時雀がくるまれていた反故紙が目に入る。そこにあるのは雅な曲線を描くかな文字で、紙自体も随分と古いもののようだ。大方宮中で暮らしていたころに、御許がどこかから持ち出したのだろう。よくよく見れば、御許によく似た猫の落書きまである。

「黄金殿！　天眼の娘！　ぼーっとするにゃ！　狩りは一秒が勝負にゃ！」

反故紙を眺めていた黄金に、御許から檄が飛ぶ。

「やれやれ……」

黄金が面倒くさそうに腰を上げたとき、冬の風が風呂敷ごと反故紙を大空へ舞い上げた。

それを追うように、逃れた雀が冬の空へ連れ立って羽ばたいてゆく。

了

<初出>

本書は書き下ろしです。

この物語はフィクションです。実在の人物・団体等とは一切関係ありません。

メディアワークス文庫

神様の本

三上 延・似鳥航一・紅玉いづき・近江泉美・杉井 光・浅葉なつ

2025年1月25日 初版発行

発行者 山下直久
発行 株式会社KADOKAWA
〒102-8177 東京都千代田区富士見2-13-3
0570-002-301（ナビダイヤル）
装丁者 渡辺宏一（有限会社ニイナナニイゴオ）
印刷 株式会社暁印刷
製本 株式会社暁印刷

ISBN978-4-04-916149-6 C0193

メディアワークス文庫 https://mwbunko.com/

本書に対するご意見、ご感想をお寄せください。

あて先
〒102-8177 東京都千代田区富士見2-13-3
メディアワークス文庫編集部
「神様の本」係

いらっしゃいませ　下町和菓子　栗丸堂
「和」菓子をもって貴しとなす

似鳥航一

大ヒット作『下町和菓子　栗丸堂』、
新章が開幕——

東京、浅草。下町の一角に明治時代から四代続く老舗『甘味処栗丸堂』はある。

端整な顔立ちをした若店主の栗田は、無愛想だが腕は確か。普段は客が持ち込む騒動でにぎやかなこの店も、訳あって今は一時休業中らしい。

そんな秋口、なにやら気をもむ栗田。いつもは天然なお嬢様の葵もどこか心配げ。聞けば、近所にできた和菓子屋がたいそう評判なのだという。

あらたな季節を迎える栗丸堂。葉色とともに、和菓子がつなぐ縁も深みを増していくようで。さて今回の騒動は？

メディアワークス文庫

ミミズクと夜の王 完全版

紅玉いづき

伝説は美しい月夜に甦る。それは絶望の果てからはじまる崩壊と再生の物語。


伝説は、夜の森と共に——。完全版が紡ぐ新しい始まり。

魔物のはびこる夜の森に、一人の少女が訪れる。額には「332」の焼き印、両手両足には外されることのない鎖。自らをミミズクと名乗る少女は、美しき魔物の王にその身を差し出す。願いはたった、一つだけ。

「あたしのこと、食べてくれませんかぁ」

死にたがりやのミミズクと、人間嫌いの夜の王。全ての始まりは、美しい月夜だった。それは、絶望の果てからはじまる小さな少女の崩壊と再生の物語。

加筆修正の末、ある結末に辿り着いた外伝『鳥籠巫女と聖剣の騎士』を併録。

15年前、第13回電撃小説大賞《大賞》を受賞し、数多の少年少女と少女の心を持つ大人達の魂に触れた伝説の物語が、完全版で甦る。